北京メモリー

Fukui Takanori
福井孝典

作品社

北京メモリー／目次

主な登場人物（登場順）

伊江和夫　『産読新聞』北京特派員
伊江昭夫　和夫の父
汪信哲《ワンシンチョ》　国家安全局員
長澤辰郎　在北京日本大使館一等書記官
ビル・ダグラス　アメリカ大使館勤務
梨華《リホワ》　コンパニオン
周　幹《ツォーガン》　フリーター
江　思　湘《チャンスシャン》　天津市党書記・党中央政治局員
葉　盛　希《イエシェンシ》　思湘の妻

北京メモリー

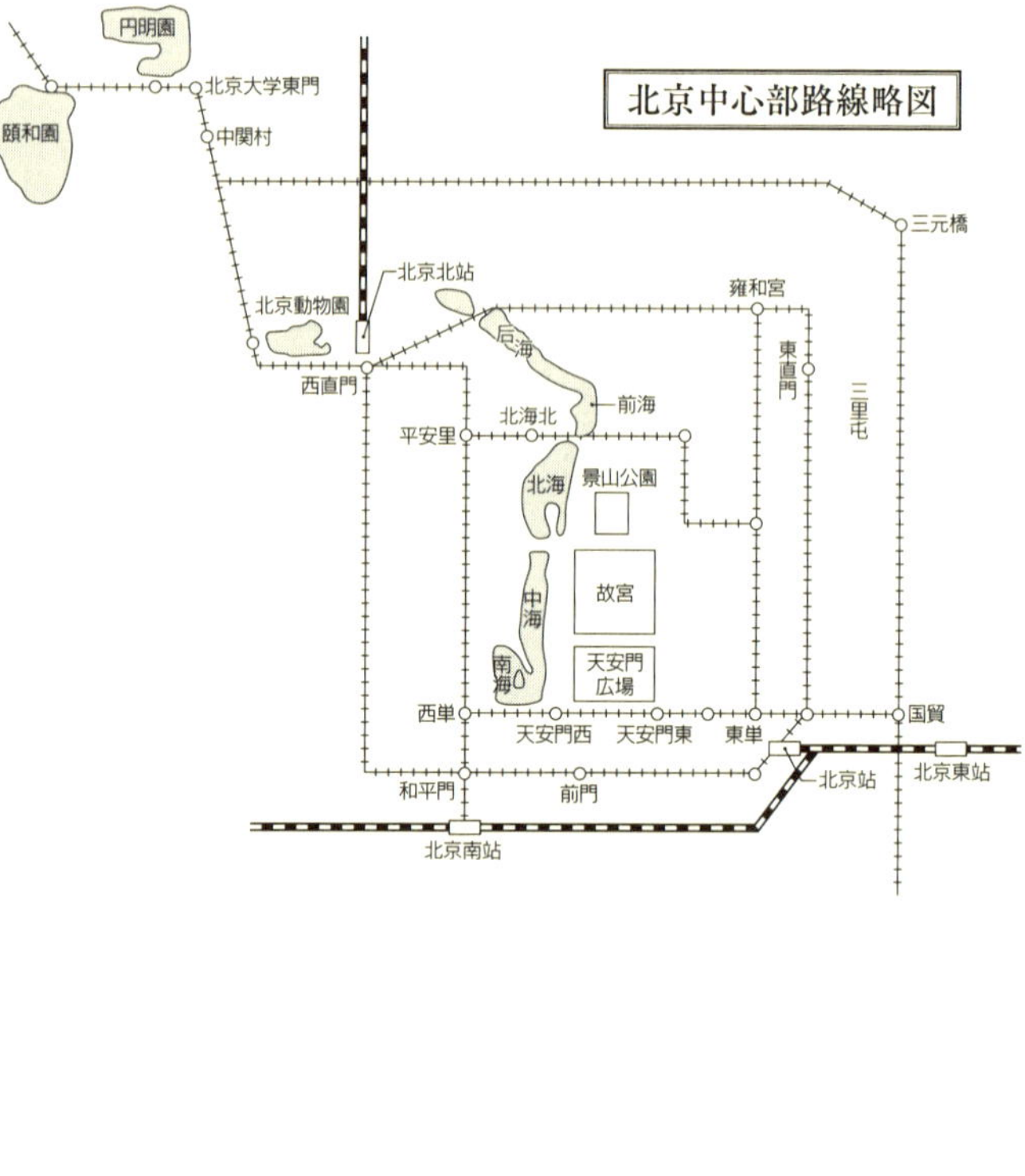
円明園
頤和園
北京大学東門
中関村
三元橋
北京北站
雍和宮
北京動物園
后海
東直門
西直門
前海
三里屯
北海北
平安里
北海
景山公園
故宮
中海
南海
天安門
広場
西単
天安門西
天安門東
東単
国貿
北京站
北京東站
和平門
前門
北京南站

北京中心部路線略図

第一　褐色の章

1　公安に呼び出される

伊江和夫は胡同《フートン》に住んでいた。胡同とは、昔ながらのレンガ造りの家々が葉脈のように通う細い路地に並んでいる区域。灰色がかった褐色の町並みはほとんどすべてが平屋建てゞ、小振りな瓦でびっしり葺《ふ》かれている屋根の群れ、その風景を上から俯瞰《ふかん》すれば褐色の沼地のようにも見える。院子《ユアンズ》(中庭)を抱いた四角形の家屋配置をした四合院《スーハーユエン》が多く、その奥には生活するたくさんの人々の姿がある。

伊江が朝未だ寝床にいるうちから、近所で遊ぶ鳥のさえずりに似た子供たちの声、バイクでまわる物売りの売り声などが飛びこんでくる。炒め物や揚げ物の料理に使っている油の匂いもそこはかとなく漂ってくる。

住民たちは人目を気にする様子もなく、それぞれ勝手に暮らしを営んでいる。人民服の延長のような地味な衣服を洗濯もせずに着ている男や、色濃く日焼けした顔に深くシワをきざんだ老人も多い。黄色い声を上げる女子供の姿もそこゝで見かける。明の時代から北京《ペイジン》を埋めていた胡同の町並みは、オリンピックを旗印にした開発以降、急速に姿を消してきた。それでも市内には、観光客用の三輪車を通過させながらも、昔のまゝの褐色の姿でたゝずむ胡同があっちこっちに残っていた。まるで時代そのものが生き残っているように。時代というものはいつでも絶対的な支配者であるが、あたかもそこに存在していないかのごとく目につきにくゝふるまっているものだ。

伊江の住んでいるのは、一つの四合院を利用して作り直されたホテルで、彼のような長期滞在者には格安料金で部屋を貸していた。

伊江は通勤途中に駅頭の小吃《シャオチー》(屋台)で、棒状の揚げパン油条《ヨウティアオ》やお好み焼き風の煎餅《ジィエンビン》を買ってふうふうしながら食べることもあった。しかしそれらは油が舌に残り朝食にはむいていない。それにくらべホテルのレストランは便利でもあり、よく使った。ビュッフェ形式の朝食はいつも同じものが用意されている。お粥、炒飯、トースト、ゆで玉子、ベーコン、青梗菜《ちんげんさい》等を炒めた緑もの、それにコーヒー。コンチネンタルとしては充分な朝食が、朝日のさしこむ食堂に並んでいる。

　フロントのマネージャーもかねている若い女性が食べ物の様子をチェックしにひんぱんに顔を出す。伊江の姿を見ると「おはようございます」と大きな声であいさつをする。「おはようございます。今日も元気そうだね」と彼が言うと、「私はいつも元気です」と笑う。頑丈そうな黒縁の眼鏡をかけた丸顔には飾りっ気はなかったが、笑顔に愛嬌があった。

　和夫の親世代までの写真ではこの種の存在感ある眼鏡が一般化していたような気もする。それらの写真からは、その時代でさえもう女性は眼鏡をかけなくなっていた日本の雰囲気が推測できた。ところが現在の北京では女性の方が眼鏡をしている率が多いのだ。日本と比べて化粧をしている顔が少なく、スッピンで歩いている女性が主流だ。若い女性の多くがスッピンで堂々と黒縁眼鏡をかけて闊歩している。人民共和国ならさもありなんと思いきや、テレビに出てくる女性や街を歩いている女性の中にはハリウッド並みのメーキャップをしている人もいて、美的基準の統一性のようなものは存在していなさそう。思い思いに自分が良いと考えた格好をしている。十四億も人がいて、住んでいる場所や職域やその立場によってまるで違う生活をしている。好みもセンスも千差万別であって不思議はない。違った国には違った風俗があって当たり前と考えるべきだろうか。女性の多くが黒縁眼鏡をかけていることでショックを感じる感性の方が歪んでいるのかもしれない。日本と中国、どちらが進んでいるかという問題ではないのかもしれない。ひょっとして日本がこれから中国の後を追うのかもしれないではないか。グローバリゼーションのうねりの中でどんどん変転していく世の中にあっては、これから何が起きるのかまったく予測がつかない。それでもこのような日本との相似や差違を手がかりとしながら、手探りで中国の実相をつかんでいきたい、そう思う。

かく思う伊江和夫は『産読新聞』北京支局に勤務している。入社して十二年目、五年前に本社からこちらへ派遣されてきた特派員である。年齢は三十六歳で未だ独身なので、当然単身赴任だった。社会部に所属していた日本での記者生活は順風満帆であったわけではない。もめごとも多く、起伏に富んだ経験をくりかえしていた。しかし首にもならずなんとか勤め続けられたのは、彼の思いこみが政治的に核心をついたものではなく、あゝいう風な変わり者がいるのねという評価で終わってきた経緯による。強情であってもそのこだわりに人間味ともいうべきひたむきさが感じられたせいかもしれない。何にしても致命的な失敗をしでかす難からかろうじてのがれ、それはかりかあろうことか調子良く中国特派員の座を獲得することさえできた。大学で中国語学科を専攻した経歴もあって、行く行くは中国で記者生活をおくりたい、と以前からずっと彼が望んでいたポジションだった。

北京支局のある東単《ドンタン》近くには住まず、少し離れた后海《ホウハイ》近くに宿を構えているのも彼自身の意向だった。故宮《グーゴン》や景山《ジンシャン》公園にも近く、北海《ベイハイ》や后海にも歩いて出られるこの地域が気にいっていた。CBD（商務中心区）には見られない褐色の胡同が散在していたからだ。距離があるといっても会社まではバス一本で行ける。北京市内にはバスが縦横に通っていて次から次へと猛スピードでやって来る。その代金は一元（十六円）と決まっている。地下鉄は二元で、これも市中を網の目のようにめぐっている。速度も速い。バスと地下鉄を使えば市内のどんな所でもあっと言う間に着いてしまう。日本のパスモやスイカに相当する一卡通《ジャオカー》というカードを使えば金を払う手間もはぶける。渋滞の激しい市内の移動は自動車ではなく地下鉄にかぎると彼は考えていた。

和夫の父親の伊江昭夫は今は退職して故郷の沖縄で民宿を経営してこそいるが、二十代から三十代までは内地で国鉄・JRに勤務していて、鉄道マニアぶりはかなりのものだった。一〇五系、一八三系等、系列ごとの車両形式やその特徴、履歴等をことごとく覚えており、時刻表を使って全国の鉄道の動きを息子の眼前に映画のようにイメージさせることができた。鉄道ほど夢をふくらませるものはない。近代の人間の知恵と汗の結晶、集団の創り出した逞しさ繊細さがそこに息吹いている。そんな風に信じていたのが昭夫だった。

そういう父親のもとで育った和夫が鉄道に関心が惹《ひ》かれてしまうのは自然なことだった。ラッシュ時のぎゅうぎゅうづめ車内の人いきれ、人のかたまりが小走りで競うように移動する連絡通路や階段でのあわたゞしさ、それらは北京特有の光景ではなく、父の昭夫が毎日対処してきた、日本人にとってはお馴染みのものだった。駅構内の雑踏にでさえ父の存在を感覚してしまい、和夫はそんな自分に驚いていた。

日本と比べて明らかに譲り合いの精神が欠けているせいで、地下鉄の乗り降りではいらだつことが多い。降車が先、乗車は後というマナーがなければドア付近では確実に混乱が起きる。降りる予定のないドア付近の客が、ドアが開いてもその場所にたゝずんだまゝ一歩も動こうとしない時、その混乱はますますひどくなる。

日本式マナーの不在はバスでも同様である。降車を告げるブザーが無く、運転席につけられたスクリーンには降車するステップの場面しか写らないので、ワンマンカーの運転手は客の降車を確認する術が目くらましにされている。その結果、降りる客は間髪を入れずにステップを下らなければならなくなる。せわしいことこの上ない。この日も伊江和夫は押し出されるようにしてあわたゞしく東単のバス停留場に降り立った。

産読新聞北京支局は東単に並ぶ近代的ビル群のうちの目立たぬ一つの三階にあった。ビルにはいくつもオフィスが入っていて、三階に上ってドアの前に立った時初めてその場所が支局だと気がつくほどの地味なたゝずまい。中に入れば高級ホテルのスィートルームを思わせる広がりがある。武家支配時代の町人文化の日本での伝統を踏襲したかどうかは不分明だが、質素きわまりないドアを開けると贅沢な空間が広がる。中は応接スペース、現地スタッフの仕事場、その奥に支局長を含めた三人の特派員のスペースと続いている。一番奥の席に座っている小柄な男が支局長の青沼である。つけっぱなしになっているテレビのスクリーンか手元に山積している新聞の紙面を背中を丸めて眺めているのが常だった。伊江が部屋に入った時も渋面で『人民日報』日本語版を読んでいたが、彼の姿を見て、「なんだ会社に寄ったのか、今日の予定は判っているんだろうな」と言ってきた。

「公安にはこれから行きます」と伊江が答える。

「そうか。気をつけてな」と気休めの決まり文句を言う青沼に、

「大丈夫ですよ」と伊江も何の根拠もなく請け合う言葉を返した。

「呼び出される心当たりは本当にないのか」と疑わしそうな視線を向けてくるので、伊江は、

「ないですね」とまつげのはっきりとした南国風の眼と太い眉をした顔を横に振ってから、

「私の書いた記事は全部、支局長の知っているとおりです」と言った。「その記事内容に問題があるとか言うんじゃないですか」

「そうかもしれないな」と青沼は首をふって考えこむそぶりを見せた。「君の書く記事は向こうにとってヤバいものばかりだからな。全部問題だらけだと言われゝば、そのとおりなんだから……」

「でも、中国の知られざる実態を暴露していくのが社の方針でもあるわけなんですよね。読者はそういう記事を求めているんです」

「そうそう。だから君のような人間に出番が回ってくる」

「ジャーナリストとしての本懐ってところですね」と皮肉な笑みを殺して伊江は言った。

『ジャーナリストとして』という言い回しは青沼の一番好まぬ言葉の一つだということを知った上での混ぜっ返しである。

「そんなに恰好つける必要はないよ。くれぐれも重い処分を受けるなんてことのないように。君が検束されたり国外退去とかになったりすれば、困るのは君だけではすまない。支局閉鎖とか営業停止とかヒドい事態はいくらも考えられる。間違えば日中の政治問題化さえあり得る。そういうことにならないように言葉には充分注意してくれよな。決して論争はするな」と世渡り上手のジャーナリストは言った。

「もちろん注意します。でも実際、言葉の問題じゃないですよね」

「まあ、そうだが、何にしても本社は決してトラブルを起こしてもらいたくないって気持ちだからね。それは判っているね」

「よおく承知しておりますですよ」本社の言ってくることはそればかりだ。トラブルが起きたって何もできないんだからと、頼りなさを保証する。そのくせ中国当局の気に障るような記事をこそ望んでいる。これを書いたらどうか、あれも書くべきじゃないか、とヤバい話題を伊江の前にぶらさげる。彼がその気になると、無理をするな、と自分たちは後ろに引っ込む。まあ、保身にたけた勝手な奴らばかりなのだ。

しかし伊江はそういう会社の体質が苦にはならなかった。紙面であれ労働力であれ、誰もが何かを売って自らの生活の糧《かて》を得ている。自分自身とそのよって立つ会社の安全を考慮し行動するのは当たり前のことである。そう考えれば、伊江が腹をたてるようなことは何もない。この考えを敷衍《ふえん》すれば、中国当局にしてみても、自分たちの身の安全安心を守るために動いているはずだということになる。理解不能な怪物ではない。むしろ彼の所属している会社同様、とても理解しやすい人々にさえ思えてくるのだった。そういう「人間理解」が、こわいもの知らずといわれる伊江の心のよりどころである。

再び外へ出ると、ラッシュアワーを過ぎた北京の街はいくぶん落ち着きを取り戻している。二カ月前までは厚く張っていた湖沼の氷はその残像さえ消失し、着ぶくれしていた人々が次第にスリムになってきている。三月になると黄色の迎春花《インチュンホア》（レンギョウ）がその名の通りに春を告げるようにいっせいに花開く。時間を置かずに桃や杏、牡丹等の花が咲きだし、市内はすっかり春景色となる。ゴビ砂漠から吹きつけてくる、身をちゞめさせる寒風も急速にゆるんで、吹く回数も減る。時おり吹く強風に息をつめる時、こゝが黄砂と大気汚染の街であることを思い出すが、総じて北京の四月は東京の四月と同様のさわやかさに包まれる。

支局のある東単から、出頭する国家安全部までは地下鉄一号線を使う。二駅目の天安門《ティアンアンメン》東で降りる。

天安門広場のあたりは、津々浦々からやって来るお上りさんと公安警察たちでいつも人がいっぱいだ。膨大な数の人群れを広場に入れるのに一人一人荷物チェックがされる。さらに毛主席紀念堂へ入るにはあらかじめ手荷物を預かってくれる所を見つけ、完全に手ぶらになってから列に並ばなければならない。献花する花を売る場所が何カ所かにあり、その白い花だけは胸にかゝえて持ちこめるが、大部分の人たちは何も持たずに黙って並んで堂内へ入る。入った所に献花台があり、その後ろに大理石の毛沢東《マオツォートン》が鎮座してにらんでいる。警備警察に急きたてられながら裏へ回ると、赤い照明で顔を不気味に照らされた毛沢東の残骸が寝かされている。防腐剤とメーキャップで作り上げられた異様な物体をじっくり眺める間もなく警察にいそがされ早足で外に出ると、そこには毛沢東グッズを販売する店が並んでいる。入場の列が途切れなかったように、毛沢東ゆかりの品物を求める人々も絶え間がない。間違いなく毛沢東は中華人民共和国が産んだ最大のビッグネーム。死してなお、その名を出すのがはゞかられるほどに大きな力を世に示している。そうした天安門広場の雑踏を横目で見ながら、伊江は国家博物館の脇にある国家安全部と公安部のおかれている不人気な建物に向かった。

　正面ゲートで警護している武装警察隊員にパスポートを示し、玄関先の受付を案内される。「国家安全局第八局の汪信哲《ワンシンチョ》氏と会う約束がある」それしか伊江が言えることはなかった。小さな部屋に通され、しばらくこゝで待てと言われる。がらんとした広がりに机と椅子しかない褐色一色の殺風景な部屋である。取調室にちがいないと彼は思った。

　数分後に黒のジャケットを着た体格の良い男が入ってきて、頭髪の薄くなったいかつい顔に愛想笑いなぞを浮かべて、「お待たせしました」と言った。日焼けして精悍さも感じられたが、通常の公安にはない物腰もあった。「中国語は大丈夫でしたよね」と聞いてきたので、伊江がうなずくと、「お茶は中国茶でいゝですか」と聞く。「お好きにどうぞ」と伊江が答えると、男は別の係官にお茶を持って来させ、「茉莉花茶《モーリーホアチャー》だが、けっこう品物は良いものです」とガラスの茶器に浮いた花弁を眺めながら言う。ジャスミンの芳香が鼻を刺激する。茶を茶碗に注いでから男は「私が国家安全局の汪信哲です」と手を差しだしてきた。差しだしてくるのを拒否するわけにもいかず、「産読新聞の伊江です」と言いながらシェイクした。「名刺はお持ちですか」と聞く汪に、「お疑いですか」と伊江が首をかしげると「いや、そうではありません」と汪は内ポケットから自分の名刺を取りだして伊江にわたした。

「お近づきの印《しるし》に名刺交換がご挨拶かと考えたものですから」と微笑《ほほえ》む国家安全局員の顔を当惑しながら眺め、

「今日はどんな用件なんでしょう？」と聞いた。

「心当たりはありませんか？」

「私の書いた記事に問題があるとか……」

「そうそう」と汪はうなずいて、持ってきたファイルから紙を取りだした。「これがあなたの書いた記事ですね。『驚愕の格差社会　農民工と新富人』『中国病院事情』『少数民族の現在　チベットと新疆ウイグル』『中国黒社会』『天安門事件以降の言論封殺』『赤い資本主義の複合汚染』……、全部は読みあげませんが、タイトルだけで内容は判ってしまいますよね。よくもまあ、こういうスタンスで飽きずに次々と書いてこられたものですなあ。感心すらいたしますよ」

「働き者でしてね、実は」

「そうでしょうな」

「日本の新聞に私が何を書こうと自由でしてね。権力を楯にとったあなた方から何か言われる筋合いはありません」

「話題は全部私どもにかゝわる事柄です。当事者の中国人に何も言うなというわけにはいかんでしょう」

「内容がデタラメであればともかく、事実にもとづいた記事を書いているつもりです。どこがどういけないのか指摘していたゞきたい」

「デタラメだと言うつもりはありませんよ」と汪は真顔で言う。「でもお判りでしょうが、これらの内容はことごとく『国家安全危害罪』か『国家政権転覆扇動罪』に抵触するものなんです。とてもこちらが黙っているわけにはまいりません」

「それで呼ばれたというわけですか」

「それだけではありません。こっちの方が重大ですが、あなたは色々やっかいな人たちと接触しています。取材の過程でそういう行動をとったのでしょうが、これは公安にとってもかなり神経をとがらさざるを得ない問題です。いわゆる『民主化活動家』たちとも会っていますね。共産党幹部の資産公開や国民の直接選挙権の拡大を要求したりする人たちです。我が国にとって危険な傾向を持つ人間として分類されているこうした困ったちゃんたちは当然、公安警察の厳重な監視下に置かれており、外国人と接触することのないように対策が取られています。あなたはその眼をかいくゞって連絡をとりあっている。これはどういうことなのでしょう。未だあります。新疆《シンジャン》ウイグル自治区やチベット自治区が現在どういう情況になっているのか判っていますね。テロリストの勢力が台頭し、治安面でも不安が増しているのです。しかしそこでもあなたは地方警察の指導をふりきって勝手な取材を試み、とうとう『記者証』を一時取りあげられる騒ぎにまでなりましたね。こういうことは大変まずいのです。まずいという表現ではとても言いたりません。神をも恐れぬ所業とでも申しましょうか。判りますよね。これだけの情況証拠があれば、あなたをスパイとして摘発することも充分に可能です。スパイということで捕まれば、あとはどうなるか想像できますよね」そう言って汪は伊江を鋭く見つめた。

獄につながれた犯罪者たちの収容施設での過酷な体験、釈放後もずっとついてまわる監視と差別の体制。中国にはその種の装置が整っている。そういう事どもが伊江の脳裏に浮かぶ。今座っているまさにこの場所がその中国管理体制の一翼をになっている。そう思うと自分の胸にむらむらわき上がってくる敵意を感じる。しかしそんな否定的な感情を汪にぶつけても何の利益もないのだ。こゝは静かに話しを聞くべきだろうと考え、頭をぶざまにかきながら、

「あたりまえの記者活動をしているだけなんですがね」とだけ伊江は言った。

「この国にはこの国のやり方があるんです。そこを充分理解して行動していたゞかないと大変なことになってしまうのです」と告げる汪に、どうやら今回は何か処分をかけてくる気配はないと察し、

「判りました。気をつけます」と伊江は了解の言葉を口にした。

「良いお返事で、けっこうです」

「で、今回はその注意ということでよろしいのですか」

「はい。厳重注意です」

「判りました。ありがとうございます。今後とも御指導よろしくお願いゝたします」と伊江は頭を下げた。

何ということもなかった。ひょっとすると汪信哲は伊江と顔見知りになりたかったゞけなのかもしれなかった。国家安全局の人間は多くの外国人に網を張ろうと努めている。特に伊江のような職種の者は大切な工作対象者になり得る。それなりの情報と人脈をつかんでいて、いざと言うとき彼らの側のスパイとして使える可能性がある。外国人に対してはそれなりのスパンを持って彼らは仕事を進めるので、その手に乗らない用心は肝要だ。しかし情報を引き出すのが仕事であるジャーナリストにとって、公安サイドからの情報提供はのどから手が出るほどに求めるものゝ一つだ。汪のような人間が知り合いにいることは伊江にとって悪いことではない。むしろありがたいことなのだ。情報を取るためにはできるだけ人間に近づきその接触の中からつかみ取るというのが彼の行動原則だった。中国で仕事をするようになってなおさらその信条を強くしていた。中国人は何よりも人間同士の触れ合いかゝわり合いを大切にするからである。国家安全局の汪信哲との出会いは、仕事にマイナスに働くものではないだろうと伊江は考えた。

しかしスパイ容疑で摘発できるという汪の言葉は頭から簡単に払いのけられるほど軽いものではなかった。

2　金を受け取っていた

それというのも伊江和夫は一等書記官の長澤辰郎から金を受けとっていたからである。取材協力費という名目にしてあったが、日本大使館が伊江の取材活動に協力するいわれは一切無かったので、これは外交機密費なり何なりの課報に伴う費用として用意されたものからの支出であると考えられる。長澤が金をわたす際に、今後、情報収集の手伝いをして欲しい旨がはっきり言いわたされている。それを意識した上で伊江はその金を受領していた。仕事として諜報活動を引き受けたと判定されても仕方がなかった。まさかその事実をつかんだ上での国家安全局からの呼び出しではあるまいな、と一瞬背筋に冷たいものが走った。いや、それはあり得ないと彼は首を振る。第三者が把握し得ないはずの場所で現金が手わたされていたからである。

しかしこの前は少し違っていたかな、と伊江は思い直す。金を受けとった場所は北京《ペイジン》亮《リエン》酒吧《チューバ》というパークハイアットの六十五階にあるバーだった。

北京CBDのど真ん中にあるその店は一フロア全てを占有していて、三六〇度にわたってガラス張りの景観が楽しめる。そこから全北京市が見わたせ、逆にいえば北京中からの視界に入っているような場所だった。

「大使館なんかよりむしろこういう場所の方が死角なんだ」と長澤一等書記官は自分で卵形の顔をうなずかせながら言った。「知り合いにも会わないだろうし……」

誰もが知っているバーであるような気がして、にわかには首肯し得ないその言葉に伊江が首をひねっていると、

「夕闇の北京だ。故宮や天安門広場が赤く染まって素晴らしい景色じゃないか！」と長澤は西側の窓外を指さした。夕陽に照らし出されて輝いている世界。太陽光が通過する大気による波長の変化につれて橙や赤色の光線が天空に散乱し、やがて地平線に沈んだ太陽の残光が、宵闇近づく褐色の古都を黄金色で縁取り、その威容を静かにきわだてる。輝く褐色の宮殿群だった。後ろに中南海《チョンナンハイ》・北海・后海の湖がうねるように白く横たわっている。

このバーは空中に浮かんだもう一つ別の空間だった。眼下に広がるパノラマを眼で楽しみながら、二人はその店の西側サイドを通り抜け北側のソファー席に座った。低いパー

テーションと薄いカーテンで仕切られ、心持ち個室のような感覚でくつろげる。

窓外には、にょきにょき立っている国貿ビルや中央電視台ビルなど二百メートルを超える高層ビルが手にとるように見わたせる。

「北京の摩天楼に乾杯！」とバーバリーのスーツでかためた長澤がジョニ黒の入ったグラスを掲げた。卵形の顔に優しい眼が笑っている。青と黄の縞模様が斜めに入ったネクタイをしめている。旧帝大を代表する彼の母校のスクールカラーである。伊江はノーネクタイでクールビズ風に襟を開けている。その伊江が手にしたジンフィーズのグラスを持ち上げ一口飲んでから、「日本に！」と言った。

「日本の何に乾杯するんだ？」と長澤がまぜっ返すと、

「日本の取材活動に！」と伊江は眼を細めた。取材協力費に対する追従の意味もこめられている。

「情報収集、伊江さんたち専門家に素人はとてもかなわない。餅は餅屋だ。あなた方に協力してもらう他ない」と長澤が言うと、

「ま、仕事ですからね。大使館に頼まれなくてもやりますよ、それは」と伊江は答えた。

「こっちがぜひとも知りたい情報もある」

「そこはお互い協力関係で」と言い、再びジンフィーズのグラスを掲げると、

「実際、日本で政権を維持していくためにはマスコミ関係の協力と援助が不可欠だってこと、それは今や政界の常識になっている」と長澤がつけたした。その言葉になぜか反発する気持ちを抱いた伊江は、

「日本政府には本当に諜報組織が無いんですか？」という質問を敢えてぶつけてみる。

「あなたが知ってのとおりそういう特別な機関は無いよ。内閣官房に情報調査室があるけれど、実際のところは外務省や防衛省等、各省庁の仕事に任されている。それでとゞのつまり、仕事が伊江さんのところへ回ってくるってことになるわけだ」

「なんか情けないですね。アメリカでも中国でも大国は盛んに諜報活動を展開しているっていうのに」

「いや、そんなものは必要ないよ。日本のように裏表なく公明正大に活動していくのが一番だ。のん気に思われるかもしれないが、そういう日本国の在り方を肯定したいね」と日本外務省を代表するように断言するので、

「やっぱりのん気としか思えませんね。第二次世界大戦後、さらし続けてきた日本の没主体的な生き様にずっぽり浸かっている者たち、特に官僚、そのモノ言いにしか聞こえませんよ」と伊江は持論のほんの一部を口に出した。

「きびしいね。私だって外務省をはじめとする現在の日本の官僚組織の在り方に疑問がな

いわけではない。でも平和国家としてのステータス、これは日本が一番大切にしなければならない要諦であり譲れない一線だとは信じている」

「私は戦後の日本を理想視する立場はとりませんので」

「いやいや、はやりの戦後レジーム見直し論かい。役人は積み上げてきた外交秩序や条約にもとづいて行動しなければならないからね、日本人の勝手な主観に依拠した言動は慎むべきなのだ」

「そうやって戦勝国や大国に屈服し続けてきたのが戦後日本なんですよ」

「そういう考えはあまり大っぴらに主張しない方がいゝ。世界から歴史修正主義者のレッテルを張られかねない」

「逆にあなたの主張の方が事大主義のそしりを受けるかもしれませんよ。今や私の言っているようなことは誰もが言っていますよ。戦後日本の転換期なんですよ」

「確かに世界秩序は変わりつゝあるが、まあ、あわてゝ道を踏み外すことのないように気をつけないとな」とコト外交に関しては頑なに原則的立場を貫こうとするいつもの長澤の態度に、

「外交官は大変ですね。私のような自由人は何も気がねしないで行動もし、ものも書けます。それが日本人として生まれた利点と言えば利点です」と伊江は酒をすゝりながら言った。

「中国に比べて日本の最大の売りは『自由』だろうがね。日本人の誰もがあなたのような『自由人』じゃないやね」

「どういう意味ですか」

「あなた、結婚していないだろう？　それ一つだけでも妻帯者に比べて大いに自由ってやつを楽しめる要因になると思うぜ。……でもどうしてあなたは結婚しないの？」

「どうしてって、する必要を感じないからじゃないですか？」と伊江は他人事のように答える。

「必要性は感じるだろう！　社会的にも大切なことなんじゃないか」

「いや、私たちの世代の三割は未婚者ですからね。日本の三十代四十代は結婚をそんなに大切だと考えていないんですよ」

「この世代は大きな氷河期だから、したくても仕事や給料の関係で出きないという事情もあるんじゃないか？」

「そういう面もあるでしょうが、やっぱり、相手に束縛されたくないという気持ちや自分の自由を確保していたいという気持ちが強いんじゃないでしょうか。夫婦と言ってもしょせん素性の違う他人同士ですからね」

「それはあなたの解釈だよね。そういうペシミズムはどこから出てくるのだろう？　あなたのところの親はそんな風だった？」

「いやいやいや」と伊江は強く頭を振った。「全然違いますね。結婚していなけりゃ社会人として一人前じゃないというような考えですよ。母を早くに亡くしましたのでそういう思いは余計強くなっているのかもしれませんが、夫婦は絶対みたいなところがあります、うちの父には」

「お元気なの？」

「元気元気、故郷の沖縄に戻って民宿を経営しています。残念なのは、私の仕事を全く評価していないってことです。私の考え方についても私の新聞社についても、からっきしです」

「あなたの戦後レジーム見直し論なんて全然評価されないわけだな」

「完璧にです」

「そういうお父さんなんだ！」と長澤は愉快そうに笑った。「親と子の対立って問題はいつでもどこでも共通してあるもんだな」

「子供にとって親は踏みこえていく存在でしかないんでしょうが……」

「そうとばかりは言えないだろう」

「長澤さんのところはどうなんです？」

「官僚だよ、財務省の。実の父親はね。義理の父親は外務官僚。私の大先輩って関係になる。日本国家の屋台骨をになってきたという自負を彼らは持っているし、私のような若輩者が何か対立し得るような情況はないね」

「長澤さんの今の地位は親がかりってわけだ」

「まあ、そうかもな。……今時、そうでもしなけりゃエリートの道は登っていけませんよ」

「義理のお父さんは未だ外務省にいるんですか」

「いや、もう退職して現在は週何回か大学で教えている」

「そういう結婚って、やっぱりかったるくはありませんか。計算ずくって感じで。少しも足を踏みはずせないって気がしますよ。たゞ、奥様が素敵な人だということは知っていますけど」

「そう言ってもらえると私も嬉しい。申し分のない妻だからね。しかし、伊江さんは相変わらずズケズケ無遠慮にモノを言う人だねえ、まったく」とジョニ黒を一飲みして、長澤は向かいにそびえ立つ高層ビルの明りを眺める。

　店の一画で生バンドの演奏が始まっている。ピアノ、トランペット、サックス、ウッドベース、ドラムが奏でる物憂げなモダンジャズの旋律が酒を飲む人々の間を流れていく。叙情をたっぷり含んだ中国情緒の旋律ではなく、リズミカルに弾む展開はあくまでも西欧的で、それがこの急造された大都会の夜景が営む呼吸のようで、似つかわしかった。

彼らの席を仕切っている薄いカーテンの後ろに背の高い男女の人影が近づいた。少し様子をうかゞってから、

「ミスター・ナガサワ！」と白人の男がカーテンを開けた。いかついアゴに特徴があったがそれ以外はトム・クルーズばりの整った顔立ちをしている。

「あゝ、ビル・ダグラス。ご機嫌はいかゞ？」

「絶好調だ。座っていゝかい」長澤たちが占めているマスは余裕が充分にあった。

「どうぞ」と長澤が手をさしだすと、ビルは赤い旗袍《チーパオ》（チャイナドレス）を身につけた女と一緒に彼らの隣りに座った。

「このバーに来ると必ず知り合いに会う」とビルは楽しそうに言った。

「そうなの？」と長澤は仏頂面で答えてから、ビルが女を紹介する様子が無いので、

「こちら産読新聞社のミスター伊江和夫、こちらはＣＩＡのミスター・ビル・ダグラスだ」と男たちを互いに紹介した。その紹介にビルは飛び上がらんばかりに驚いて、

「ノー・ジョーキング！」と言った。そして「アメリカ大使館の通商部で働いています」と訂正した。

「何年もＣＩＡにいる古株じゃなかった？」と長澤がしつこく続けるので、

「あなたには驚かされる」とビルは舌打ちをした。それで長澤はアメリカ人をからかうの

をそれくらいにし、さっきから気になっていた東洋女性に水を向けることにした。

「こちらの女性《レイディ》は？」と聞く長澤に、

「今日のガールフレンドの……名前は確か梨華《リホワ》だ」とビルは女の肩に腕を回しながら青い瞳でウインクをして言った。

「梨華……、パール・バックの『大地』に出てくる乙女と同じ名前ですね。私はあの作品が大好きでしてね」と長澤が言っても、女は何の話しか判らない様子。英語が判らないのだと判断し、中国語で言い直しても反応は似たようなものだった。

「ミスター・ナガサワ、パール・バックはアメリカ人ですよ。この女性はご存知ないんでしょうよ。世界中に中国のものは蔓延していますが、それと同じぐらいアメリカ製のものも氾濫しているんです。今演奏されているモダンジャズにしても、これは徹頭徹尾マイルス・デイビスのコピーですよ。あなたに判ります？」とビル・ダグラスが得意そうに言う。

「マイルス・デイビス？　ちょっと判らんね」と長澤が答えると、

「ずいぶん古い人じゃないですか」と伊江が口をはさんだ。

「知っておくべき人間だと思いますよ」とビル。「だってこうやってこんな場所でコピーされているぐらいなんですから。懐かしくてなんだかわくわくしてきてしまいます」

「そうなんだ」と長澤はしばらくその演奏に耳を傾けてから、「でも私はもっと梨華さんについて知りたいな」と言い、「ご出身はどちらですか？」と中国語で聞いた。

「内モンゴル自治区です」と梨華が答えると、

「え？」と伊江が大きく反応した。一瞬、皆の注目を浴びるが、彼はジンフィーズをすゝってから、梨華の顔をしげしげと眺めている。そして、

「私と会ったことがありませんか？」と彼女に聞いた。

「日本の新聞記者さん？」

「そうそう！　やっぱりあの梨華さんなんですね！　取材した私を覚えていますよね」

「はい」

「いやあ、全然判りませんでしたよ！　すっかり別人だ！」と頭の先から足の先まで視線をめぐらせて首を振った。北部人に相応しく背が高く、タイトな旗袍に包まれた均整のとれた身体からは美しい白い脚がスラリと伸びている。顔や腕も白く、絶えず浮かべている笑顔は商業的に完成されていた。街を歩く際には目立つだろうが、コンパニオンとしては世界中のどこでも通用するような魅力をまとっている。

「実を言うと、私はすぐに判りましたの」

「なんだ、そうだったんですか。それにしても全く違っていますね、あの頃のあなたと。あれからどのくらい経ったゞろう。私がこちらへやって来たばかりの頃の取材だったから、

かれこれ五年ぶりってところですよね。それほど長い歳月ではないような気もしますが、あなたには大きく変化する時間だったたんですね」という伊江の言葉に、

「急成長する中国と同じにね」と長澤が割りこんだ。隠された乳房や女陰をドレスの上から見るような目つきをしている。「一体あなた方はどこで知り合ったの？」

「天津《ティエンジン》の工業区にある日系工場で働く彼女を密着取材したんです」

「地方から出稼ぎに出てきた打工妹《ダーコンメイ》（少女労働者）でした」と梨華がつけたす。

「天津で働いている様子だけではなく、彼女の郷里がある内モンゴル自治区まで取材に出かけたのです」

「私の生まれた村の貧しさに驚いていましたね。私が通った学校も取材されていました」

「そうですそうです。私が中国でまとめた最初の記事でした」と言って伊江は一瞬もの思いにふける。


一面の荒れた草原。冬近くに訪れたそこは褐色の海原のようだった。両親は共に長い間民工《ミンゴン》として都会に出稼ぎに出ていて村にはおらず、彼女は弟と共に祖父母と一緒に暮らしていた。草原にひっそりたゝずむ村ではわずかばかりの畑作と小規模な牧畜を営む。学校へは遠い道を毎日ひたすら歩いて通う。子供たちの未来はやがて親たち同様に都会へ出て、そこで働く以外にはない。そういう記事を書いた。

「でも、あそこもこゝ数年で大きく変化しました。車も多くなりましたし、なんとマンションがたくさん建ちました」という梨華の言葉は想像に苦しむ情報だった。しかし、「あの地方に急造されたマンション群は住む者がおらず、開発途中でありながら今や鬼城《ビンイン》（ゴーストタウン）化してさえいる」という長澤の言葉に、あゝそういうニュースもあったなと伊江は思い出す。それが以前取材した梨華の郷里の風景と結びついていなかったゞけなのだった。

「中国の急変貌は想像を絶する」と伊江が今更ながらあきれたようにつぶやくと、

「当時の梨華さんはどんなだったんだい？」と長澤が聞いてきた。

「うん、今とは全然違う雰囲気だった……」と考えこむ伊江に、

「黒饅頭みたいだったんじゃない？」と梨華が口をそえる。

「確かにもっと色は黒かったかもしれない」

伊江の覚えている梨華は、手ぬぐいで顔の汗をふくおさげ髪の少女だった。長時間にわたる連日の労働でくたくたになっているにもかゝわらず、身体の奥から生気が湧き立つような元気さを持っていた。伊江が誘う食事の場でも彼女はよく食べた。自分自身、なまりがきつかったのだが、伊江の日本なまりも相当なものだったので、北京語の名人のような雰囲気でよくしゃべった。伊江が何か失敗をするとその度に心からの笑顔で笑いこけた。

しかし郷里を案内する時は終始真顔で暗い表情になっていた。「私、都会の人間になりたいの」というのが彼女の夢だった。もう天津に住んでいるじゃないかと最初伊江は考えたが、彼女が言ったのはそんなことではない。城市戸口《ジャウーフーコウ》（都市戸籍）が欲しいと言ったのである。都市と農村の戸籍区別は、中国では絶対的な身分差別として機能している。来たばかりの伊江にはそんな事情もよく知らなかった。それにしても、よく食べよく笑いよく働く彼女の姿は、彼にとっては中国そのものゝ印象と重なっていた。

「ずいぶん綺麗になった。まるで違う人のようだ」と伊江が言うと、

「よほど以前の私が汚かったみたいね」と梨華が笑った。

「いや、そういうことじゃなくて……」と伊江が言いわけしようとすると、

「女は化けますのよ」と梨華は言った。

3　『愛国無罪』は不朽のスローガン

尖閣諸島をめぐるいざこざや、従軍慰安婦や南京大虐殺等の認識に関する問題を引きがねにして、微博《ウェイボー》（ツイッター）や博客《ボーケ》（ブログ）でしきりに反日を煽っている網民《ワンミン》（ネット上の人物）たちがいる。その中の一つでその名も『反日有理《ファンリーヨウリ》』というハンドル名を使っている

グループと連絡がとれた。伊江が日本の新聞記者であることを承知の上で、取材依頼を受け入れたのである。

メールで確認した住所をたよりに、その事務所をさがす。

中関村《チョンクアンツン》で地下鉄を降りると、携帯電話やスマートフォンを売りつける街商や、通行人を店に呼びこむ店員たちでごった返す電脳街がしばらく続く。地図を眺めながら北京大学方向に歩いて行くと、大きな敷地を占める企業や学校が続く地域になり、小さなグループの入りこむ余地は無さそうな景色となった。通行人の数も少なくなってくる。伊江は住所の示すあたりをうろうろするが、いっこうにそれらしき建物は見当たらない。学生らしい若者が通っていくので聞いてみるが、さっぱり判らない。こちらが日本人だけに、これはいっぱい喰わされたかとも考える。しかし何人目かの若者が、入り口だけが『どこでもドア』のように頭を出している小さな褐色の建造物を指さして、「この中に色々あるよ、入ってみたら」と教えてくれた。

閉まっていた入り口のドアは、押せば簡単に開いた。入ったすぐから急な階段が降りている。こんなところを降りていって大丈夫なのかなと思いつゝジグザグに連なった階段を下っていくと、底に高さ三メートルほどの灰色がかった褐色の地下通路が通っていた。電線も通っていて、間隔を開けて裸電球が光っている。立派な地下壕だった。文化大革命の時、ソ連との核戦争に備え「深く壕を掘れ」という毛沢東の最高指示に従って、北京中の地下にシェルターを造ったといわれている。その一つなのだろう。水道も通っていて共同の水場があった。下水は下水道に直接つながっているようだ。褐色の地下通路は常に四角いわけではなく、ところによっては楕円形になっていたり三角に近い形だったりした。地下道に沿って部屋が並んでいて、そこが簡易宿泊所として使われていた。地方から流れてきた農民たちの疲れた姿に混じって、未だ学生の雰囲気がたゞよう若者の姿もあった。

その一人に、「周幹《ツォーガン》って人物を知らないか」と『反日有理』の代表者の名前を出すと、あっさりうなずいて、ついて来いという答えがあった。ついて行くと、若者が複数で寝泊まりしている様子の一室に案内された。

奥の板敷きのベッドの上でノートパソコンに向かっている男を指さして、「あれが周幹だ」と言う。指さゝれた男は人の出入りには関心を持たないようで、伊江が来たことに気がついていない様子だった。

「周幹さんですね」と伊江は声をかけた。「私、産読新聞の伊江和夫です。先日メールでご連絡いたしましたように、少しお話しをうかゞいたくて、やってまいりました」

ふり向いた顔の眼鏡の奥に神経質そうに光る丸い眼があった。頭髪は床屋を勧めるほどには伸びていたが無精髭は無く、着ている黄色いシャツもそれほどくたびれてはいなかった。しかしそのシャツには『手《ショウ》里《リ》没《メイ》銭《チエン》活《ホワ》死《スー》人《レン》（金が無いのは死人と同じ）』という文句が染めこんであった。それ以外は特に変わったところもなく、どこの国にもいる勉強好きの学生タイプにも見えた。

男は「あゝ、メールをもらった日本の新聞社の方ですね」と合点すると間を置かずに「こちらもあなた方にぜひ聞きたいことがあるんです」と急に眼を光らせて言った。そして、

「日本はどうしてあの戦争に対して認識するのを避けるのか。靖国神社の果たしてきた役割を理解しようとしないのか。釣《ディアオ》魚《ユイ》島《ダーオ》をめぐる中日の歴史を直視しようとしないのか。あの戦争で中国人は大変な惨禍を被ったのですが、日本人にしてもたくさんの人が被害を受けたわけですから、その歴史をまともに見ないという態度が理解できません。どうしてそうなんでしょう？」と立て続けに質問を浴びせてきた。

「日本人の多くは認識していると思いますが……」と伊江が言うと、

「いや、違うでしょう。もしそうなら、中日の関係がこんなに険悪な仲になっていないでしょう。日本人は自分たちが犯してきた侵略の歴史を勝手に忘れ去ろうとしているのです。これは同じ立場に置かれたドイツの取った方法と際だった対称をなしています。どうしてそんな態度をとれるのか、日本人にぜひお聞きしたいのです」と重ねて言ってくる。

「あなた方の主張は、『反日有理』を私も読んでいますので、判っているつもりなんですけ

れど、しかし私は日本人代表という立場であなた方と論争するつもりはないんです。それだけで、いくら時間があっても足りないようなことになってしまいそうですから。……今日は主にあなた方の組織について知りたくてうかゞったのです」

「組織？　そんなものはありませんよ。あえて言えば、全国に張っているネットのつながり、これがまあ組織でしょうかね」

「あなた方は『反日有理』というグループを名のって活動していらっしゃるんですから、何か事務局のようなものがあるんじゃないのですか」

「それなら、この部屋がそれでしょうね。この部屋にある物が『反日有理』の全てゞす。一目瞭然とはこのことでしょう。見た通りのボロ所帯です。スタッフはこの部屋で寝泊まりしている仲間たちです」

　部屋の中には周幹のだけではなく、同宿人たちのベッドとおぼしき場所もあった。そして壁という壁には、ステッカーやポスターがべたべたと貼ってあって、その中には『抵制《ティージー》日貨《リーフォ》(日本商品ボイコット)』『理性抗日《リーシンカンリー》』等の標語もあった。

「こゝは四人部屋ですかね？」と部屋を見わたしながら伊江は言った。「お仲間は四人ということですか」

「いや、厳密な組織というようなものではありませんから、もっと融通無碍《ゆうずうむげ》ですよ。たまに顔を出す者もありますし、未だ学生の者もいます」

「元々あなた方はどういった関係だったんですか」

「学生仲間です。清華大《チンホワダー》の」と周幹は一瞬誇らしげな表情をした。

「清華大学の学生仲間がこんなところに住んでいるんですか」

「金が続かなくなりましてね。地下室の家賃は格段に安いですからね」

「しかし清華大を出れば、良いところに就職出来るでしょうに」

「聯想《レノボ》グループとかね。私もそれを期待していたのですが、今はそううまい具合にはいきません。大学卒業生の数が急に増えてしまいましたからね。いくら急成長の中国であっても全部はうまく呑みこめませんよ。世界的には景気は非常に不安定ですし」

「聯想に入るのがあなたの夢なんですか？」と周幹が使っているＩＢＭのコンピューターをしげしげ眺めながら伊江は聞いた。ＩＢＭは今やレノボに吸収されている。

「専門がそれに関係しているものなんでね」

「お仲間もそうなんですか」

「まあ、似たようなものでしょう。でも現在は皆、無領《ウーリン》（フリーター）です。中関村には電気関係のちょっとした仕事がころがっているんです」

「とにかく働いて金をかせがなければなりませんものね」

「そのとおりです。都会育ちの裕福な家庭の子供ならいざ知らず、私たちのように地方から艱難辛苦《かんなんしんく》の末に北京の大学に入った学生は、こゝで生き残っていくだけでも大変なんです。田舎からの仕送りなぞ全く期待できません。そのくせ私の将来に対しては地域をあげて期待しているのです。清華大学へ入った時は天下をとったようなお祭り騒ぎでした。今のこのような情況は夢の片隅にさえ浮かんでいませんでしたね。私たちが何か失敗をしたとか努力が足りなかったとかというわけではなく、大学卒業生が大量に失業する時代にあっと言う間に突入してしまったのです。悲劇以外の何ものでもありません。こうして地下のシェルターに居住する人間たちを、世間は『ネズミ族』と呼んでいます。実際、こんなに暗く臭いジメジメした場所で生息するなんてネズミかゴキブリさながらです。モンゴルではマンホールで生活する子供たちがいるそうですけれど、それに近い状況じゃありませんかね。アハハハ……いや、笑いも出てきませんよ。北京の地上には高層ビルが林立していぃます。でもその地下にはこうして息をつないでいる何万もの人間がうごめいているのです」

　確かにこんな地下の隙間に広がった空間での生活は耐え難かろう。初めて入った伊江は息苦しくて胸がつまるようだった。息苦しさを倍加している要因に『反日有理』の部屋に煙草の臭いがしみついていることがある。周幹の近くに吸殻のいっぱい入った大きなブリキ缶が置いてあった。

「憤青《フェンチン》（怒れる若者）になるのは当然ですよね」と伊江は理解を示した。

「そうでしょう。でも、私たちはあまり悲観的にはなっていませんよ。今、中国は飛躍的に発展しています。昨日より今日、今日より明日の方が確実に良くなっています。私たちには希望があるのです」

「ずっと進歩し続けるという保証はありますか」

「保証はありません。でも、進歩を続けるのが人類です。そこへ向かおうという意志と絶え間の無い努力があれば、必ず進歩し続けます。こんな場所で語られても、とてもそぐわない言葉に聞こえるでしょうが、やせ我慢ではなく心の底からそう信じています」

「なるほど」と伊江は無表情で答えた。「それで……、それがどうして『反日有理』へとつながるのですか？」

「日本人は中国を侵略した時の精神性《メンタリティ》を未だに持っているからです。軍国主義も復活しつゝあります。数千万人もの死傷者をだした中国人が警戒心を持つのは余りにも当然なことではありませんか」

「その数については色々説がありますがね」

「いずれにせよ日本鬼子《リーベンクィズ》のまがまがしい印象は、トラウマ以上の集団的潜在意識として刻みこまれているのです」

「日本は戦争をしない国であることを知っていますか」

「あなた、本気でそれを言っているのですか」

「本気です。事実、日本はあの戦争以降たゞの一人も戦争で殺し殺された者はいないのです。それに比べて、あなたの中国はずっと戦争をし続けてきたじゃありませんか。アメリカ、台湾、インド、ソ連、ベトナムといった風に」

「日本がこれからどうなるかは全く別問題です」

「まあ、いゝでしょう。論争はしないことにして、あなたの話しをお聞きしましょう。それで、あなたは中国人の当然の行動として『反日有理』の活動を続けてきた。それに政府なり共産党なりはどういう風にかゝわって来たのでしょうか」と伊江は質問をした。長澤辰郎から、こういう反日グループと政府機関との関連を探って欲しいとの要請を受けていたのだった。

「政府も共産党も無視でしょう」

「無視？」

「はい。でもそれがこっちにとっては一番良いのです。彼らがかゝわってくるという意味は、抑圧管理してくるということゝ同義です。無視されるという状態は、だから最良の状態です」

「二〇一二年夏のデモ、『反日有理』は実力行使を積極的に扇動していましたよね。あの時、権力はどうかゝわったのですか」

「言いましたように、無視です」

「本当ですか？　九月十五日の日本大使館へのデモの際、私は現場にいましたが、コトの真相を目撃したように思いました。あの、きっかり十時に開始された大デモ、二万人と言われている大集団は車両規制がひかれていた大使館前の道路、亮馬橋路に突然現れたのです。参加者が手にしていた生卵、絵の具の入ったペットボトルが次々と投げつけられ、日本大使館は見るも無惨な姿になってしまいました。あの日の大使館前道路は警察の完全規制のもと、両側六車線が大群衆に埋めつくされました。人数には近くの朝陽公園《チャオヤンゴンユエン》まで百台以上ものバスで動員されてきた人々が含まれています。そんなことが、厳重にこの国を管理支配している中国共産党政権の中心部で、彼らの関与なしにできると考えられますか。あれは言わば官制デモだったのです。違いますか」

「当時、何が起きようとそれは日本の責任であるというスタンスを中国政府はとっていましたから、そのように言えないこともないです。でも、あの時ネットの世界では我々を含めて反日の意見表明がそれこそ溢れ出ていましたし、キャンパスの学生たちも我々の呼びかけにすぐに反応してくれる情況だったのです」

「少なくとも、共産党が認めていたからこそ、それができたと言えるのではありませんか」

「『愛国無罪《アイゴーウツイ》』は我々の不朽のスローガンですから」

「私は、ヒドいスローガンだと思っていますがね。悪業をしてもそれが反日であれば中国共産党は文句をつけないということでしょう？」

「やっぱりあなたは中国の革命の歴史を理解していない」

「そういう問題ですか」

「すべてがそういう問題です」

「すべてがですか？　では、あなたが聯想《レノボ》に入りたいということも同じ問題として考えられるんですか」

「えっ、何を言っているんですか！　全然別問題じゃありませんか！」と周幹は不快気に眉をひそめた。

「失礼しました。すべてがとあなたが言われるもので、それも中国革命に関連しているのかなあと思いをめぐらせてしまったもので」

「中国革命の歴史には今のところ聯想は登場していないのです」

「今のところ？　そのうち登場してくる予定でもあるのですか」と言いながら伊江は五星

紅旗の官僚群と聯想が合体した絵を思い描いた。それはこれからの中国を表すイメージとしてぴったりな図柄に感じられた。しかしこの話題で会話を進めるのは少し飛躍しすぎと考え、

「いや、論争は止めにしましょう」と言った。

「そればっかりですね」と周幹は苦笑した。

「何にせよ『反日有理』は、それを語っていれば中国当局が規制してこないという事情を見越して活動しているわけなんですよね」

「あなた、それがこの国ではどんなに大事なことであるのか判っていないのでしょうか。何か意見を表明する時、共産党がそれにどう対応してくるか、それを考えないで行動する馬鹿はこの国にはいませんよ。共産党が認めてくれる、あるいは少なくとも彼らの逆鱗に触れていない、そういう安心感があってこそ、この国では思い切った言動や行動が選択できるのです。我々の言いようのない不満もぶつけることができるのです」

「反日であれば、首都を揺るがす大デモも大使館襲撃も可能だということですね」

「多分、唯一奨励された大衆の抗議行動でしょうね。一揆のように勃発する抗議行動は各地で頻発していますが、どれも権力の頑丈な盾によって崩されていっている状態です。中央集権の官僚組織の支配体制はそんなに生やさしいものではありません。そうでもしなけ

りゃ、この十四億の人間のいる広大な国を統治できないんでしょう」

「あなたは共産党支配を肯定しているのですね」

「否定したことなぞありましたっけ？」

「でも、あなたは党の規範に入りきらない大衆の気持ちも大事にしていらっしゃる。そうですよね」

「まあ、そうです」

「それがどんな意味を持つのですか」

「世論というものは大事ですからね。日本でも同じでしょう？」

「はい。しかしその世論が政治を変えられない仕組みになっているのであれば、やっても仕方ないじゃありませんか。この国の場合、共産党と何らかの関係を持っていなければ、主張がまともに取り上げられることはないのではありませんか」

「いや、私たちも党と関係を持っていますよ」と周幹は言った。長澤辰郎が知りたがった問題に話題が及ぶかと伊江は緊張したが、そのそぶりを少しも見せずに、

「どういうやり方で関係を持っているんですか」とさりげなく質問した。

「党員の中にも色々な人物がいますからね。我々はこの人は良いと判断した人物を支持し連絡も保っているのです」と胸を張る周幹に、

「一枚岩を誇る共産党の中に毛色の違った政治家なんているんでしょうか」と伊江は質問を重ねた。

「いますよ」

「誰ですか？」

「江思湘《チャンスシャン》ですよ」と周幹は名前を告げた。

「あゝ、あの江思湘！」と納得したように伊江は大きな声でその名をくりかえした。「天津市党委員会書記で党中央の政治局員。やり手の政治家として今、大注目の人物ですよね」

「何と言っても大衆の運動を重視している人ですからね。大いに革命歌を歌って悪人たちを一掃しよう、という打黒唱紅《ダーハイチアンホン》を積極的に推進しています。市民も動員してね。そういう運動が必要なんですよ。文革大屠殺とまで差別的に評され、貧しい農山村に下放され、一生を棒に振った紅衛兵世代に向けても彼の運動は大いに勇気づけるものとなるでしょう。彼ならば心から同志《トンジー》と呼べます。共産党の次代のリーダーだと見られている人です。江思湘の言うことなら私たちはすぐに聞きますし、こういう人にこそ共産党で偉くなって欲しいと考えています」と周幹は眼をくりくりさせながら熱っぽく語る。

「実際、連絡もとりあっているんですね」

「そうです！」はっきりと肯定した。

第二　赤色の章

4　革命歌を歌う運動

江思湘を取材することにした。話しを聞いた長澤辰郎も一緒についてくると言う。その必要はないでしょうと伊江が言っても、江思湘がどんな人物なのか見てみたいと言ってきかない。今、中国で耳目を引いている話題の人物だけに長澤の好奇心を伊江も判らないわけではない。しかし伊江の諜報活動の元締め役となっている一等書記官が取材に同行するという有り様は、本当にこれでいゝのかと考えさせざるを得なかった。

北京南站《ナンチェン》（南駅）のチケットセンター前で待ち合わせた。天津《ティエンジン》までの城際快速を使う。一等車で二人片道一三一元。長澤が払った。ホームに入る前の荷物チェックに長い行列ができていて、出発時刻に間に合うかどうかいらだつ。ようやっと五分前に検票口前の列にたどり着いた。出発が迫っている便であることを告げ、列の前から乗車場に入れてもらい、出発準備をすっかり完了してプラットホームで位置についている高速鉄道『和諧号《ハーシェゴ》』に乗りこんだ。各号車の間に仕切りのドアは無く、座席中央の通路は長い一本の廊下のようにつながっている。どれが自分たちの号車であるのか確認せずに飛びこんだのだったが、彼らの五号車は唯一の一等車両だった。両側二座席ずつの余裕のある造りになっていた。

「世界中で新幹線は走っているけれど、実際どこも似たようなものだね」と飛ぶように過ぎ去っていく風景を窓外に眺めながら長澤が言った。

「日本のが一番なんじゃないんですか」と伊江が言うと、

「そうなんだろうけれど、乗っている分にはどれも同じように感じる」と長澤が首を振った。

「中国のこれにしても世界中の技術を寄せ集めたものなんですけれど、開通時に鉄道省が『中国の独自開発』と大見得を切ってくれて本当に良かったです。翌年から重大事故が続出し、安全に対する信頼をすっかり失ってしまったからです。もし日本が受注していたら、またぞろ反日に大いに利用されていたに違いないんです」

「鄧小平《トウンシャオピン》来日の際の新幹線に乗って衝撃を受けたエピソード、あれが改革開放の原点になっているという話しもあったし、日本の新幹線技術が使われる可能性は大いにあった。しかし、ネットを通した反日の百万人署名とかでつぶされてしまった。その経緯は日本外交の失敗として我々の心を傷つけている」

「実際は多くの部分がフランス、カナダ、日本の技術で出きあがったわけですが、飽くまでも『中国国産』というかたちで押し通したのです。特に運営管理面は中国流となりました。その結果があの大事故です。日本の新幹線は開業以来五十年間一人の死亡事故も起こしていません。変なかゝわりを持っておかしな攻撃を受けることにならなくて本当に良かったと思うのです」

「新幹線売りこみで日本外交は勝利できなかったが、結果的にはそれで良かったとあなたは言っているのだね」

「まあ、そういうことです。と言うか、日中の関係は一筋縄では行かないってことです」

「あなたは外交でもテクノロジーでも完全に日本の側に立っているんだね」と長澤が笑みを浮かべると、

「どんな場合でも日本サイドに自分はいます」と言わずもがなという表情で伊江が答えた。

「頼もしいね」とつぶやいてから長澤は窓外を眺め、ポケットからプラスチックの袋に入った飴を取り出した。その一つを口に入れ、くちゃくちゃやりながら、「どう？　糖葫《タンフー》芦《ルー》、食べる？」と聞いた。

「糖葫芦って、あの赤いサンザシの串刺しですよね」

「そうそう、よく小吃で売っている奴。あれのお土産タイプがこれだよ。サンザシのタネを抜いてドライにしてから飴で固めてある。どう？　試してみる？」

「いたゞきましょう」と伊江も一つ摘まんで口に放りこんだ。「うん、この甘酸っぱさは、いかにも……」と口よどんでいると、

「私は、これ好きなんだ」と長澤が言った。

「ずいぶん甘いものもお好きなんですね」

「いかにも中国という独特の風味がないか？」

「そうですかね」と伊江は首をひねった。

「この間、梨華さんとこれ食べたよ」

「え？」

「亮酒吧《リエンチューバ》で出会ったあなたの知り合い。あの人と串刺しの糖葫芦を食べた。前海《チャンハイ》に向かってぷっぷっとタネを吹きつけながらね。楽しかったよ。ちょっと行儀が悪かったがね」と語る長澤の顔を、それは一等書記官の作法ではないでしょうという思いで眺め、

「梨華さんとは何度か会っているんですか」と聞いた。

「あゝ、いゝ娘《こ》だね」

「そうでしたか」若干おぞましい気分になりながら伊江はうなずいた。この前再会した時に感じた梨華の雰囲気から、いずれ連絡を取りたいと伊江も考えていた。その先を長澤に越されたという気がしていた。

三十分で和諧号は天津駅に着いた。北京と違って、雑踏する群衆の姿は無かった。江思湘の主催する『中華紅歌会』は小白楼《シャオバイロウ》のコンサートホールで開かれる。そこで江思湘と会うアポを伊江はとっていた。がらんとした駅前のターミナルでタクシーに乗った。

「歌会まで時間があるから、ちょっと伊勢丹に寄るよ」と長澤は言って、運転手にその場所を指示した。車は鉄骨むき出しの解放橋《ジエファンチヤオ》を通り、租界建築が集まる和平路《フーピンルー》の旧市街を抜け、南京路《ナンジンルー》と営口路《インコウルー》の交差点にある天津伊勢丹の前で止まった。車を降りるとまっすぐ地下に降り、食料品売場の奥に広がっている酒売場へ向かった。

「何か買う物が決まっているのですか」と聞く伊江に、

「いや」と首を振り、「別に決まってはいないのだが、こゝには素晴らしい酒がよくあるので寄ってみたんだ」と長澤は物色を続ける。そして「これは珍しい！」と叫んで一本の酒を両手で抱えて見つめ、「シャルトリューズのヴェール！　これは買いだな！」とその緑色の液体に眼を輝かせている。

「どこのどんな酒です？」

「フランスだよ。かの国のシャルトリューズ修道院門外不出の薬酒。百種類以上のハーブが入っている、五十五度のキツい酒だ」

「健康に良いんだか悪いんだか判らないという代物《しろもの》ですね」

「酒とはすべからく、そういったものだろうさ。今日はこれが手に入ったゞけでも吉日というべきだ」

その酒を持って再びタクシーに乗りこんだ二人は五大道《ウーダーダオ》あたりを通過する。小洒落た年代物の西欧式建物が、綺麗に区画された土地に建ち並んでいる。開放的な造りの庭や清潔感が感じられる美しい住居には一体どういう人々が住んでいるのだろうかと興味をわかせる。

「中国人の高官や有名人が多いらしい。見て判るだろうが、かつての租界時代には西洋人がたくさん住んでいた」と長澤が説明する。「戦前の日本外交もさんざんこゝを基地にして展開してきた。戦後だってこゝを足場にして活動している日本企業は多い」

「田園調布みたいな街で文革さながらの大衆運動が起きるとはね！」伊江が舌打ちをすると、

「どんな都市にも貧しい者たちはいるし労働者もいる」と長澤は言った。

「地域の党委員会書記になった江思湘がなんでそんな運動を推進するんでしょうね？」

「何か理由があるはずさ。それにしても江思湘にしても日本から多額の利益を得ているはずなのだ。再開発の許認可や土地の売買をめぐるあれこれで党幹部は非常に良い立場にいられたからね。巨額の金が動いているのだ。上海派の幹部同様、こゝでも党幹部たちはずいぶん旨い汁を吸ってきている」と長澤が言うと、

「それでどうして打黒唱紅なのだ。反日有理なのだ」と伊江が歯ぎしりする。

「上海派の頭目、江沢民《チアンツウミン》も反日教育を推し進めた張本人だし、その辺の事情を知りたいものだな」と長澤も言った。

「日本を黒の代表みたいに扱いたいのかな」

「さあね、そんな必要性があるとは思えないのだが……」

「江思湘は上海派なんですか？」

「違うだろう。父親が党の大幹部だったから、太子党《タイズーダン》であることは間違いないところだが」

「日本で言う二世議員の集まりですね」

「一党独裁なので力の持ちようは日本とはまるで違うがね」

「何でもできるということですかね」

「党中央の息がかゝっているうちは、だろうね。その辺が江思湘は微妙になっているから、

実際この眼で見てみたいのだ」と長澤が言っているうちに車は南京路から大きなラウンドアバウトの形態をとっている交差点に入った。その中央島に当たるスペースが公園広場になっていてその一角にコンサートホールがあった。そこが『中華紅歌会』の会場であることは一目で判った。

それというのも、ホールに入りきらない人たちが公園にあふれ、その人々と彼らが掲げる赤旗が広場を埋めていたからだ。ホール内の様子はスピーカーで大きく流されており、中へ入場するドアもすっかり開け放たれていて、建物の内と外とは一続きになっていた。

江思湘を見ようと、二人はタクシーを下車してから人々をかき分けホールの中に向かった。

ホール内では数え切れないほどの赤旗が振られ、グループごとに色をそろえたジャージ姿や昔ながらの人民服や軍服を身につけた者たちの叫ぶように歌う姿でびっしりうめつくされていた。会場中が赤い森になったように旗が揺れていた。舞台には合唱の隊形で整然と並んでいる人民軍の軍服を着た少女たちの隊列があって、その頭上に『歌唱我们亲爱的祖国』と大書きしたスローガンが掲げられている。

「まるで一時代前の中国のようだ。」伊江が最初に抱いた印象はそれだった。

二人が中へ入った頃、舞台上でも一人のゲストを迎えたようで、会場が大きく沸いた。ロングドレスを身につけたすらりとした女性で長い黒髪を肩にたらしている。紅衛兵さながらの舞台上の少女軍団の間で際だってスター性を発揮している。

「郭蓉《カクヨウ》が来たんだ！」と長澤が興奮して言った。

「誰？」

「党お墨付きの大歌手だよ。」そう言って長澤は熱い眼で見つめた。彼女が歌う体勢に入って楽団が前奏を奏でると、聴衆からこれを待っていたという気持ちを示す大拍手が起こり、無数の赤旗が波のように揺れた。

　五星红旗迎风飘扬《ウーシンホンチンインフォンピャオヤン》、胜利歌声多么响亮《シャリガーシャンドゥマシャーリャン》。

　歌唱我们亲爱的祖国《クショウウォーマンチーアイツーコ》、从今走向繁荣富强《ツォンチツォーシャンファイロンフーチャン》。

　……

　（五星紅旗は風を受けて翩翻《へんぽん》たり、勝利の歌声高らかに。

　歌い讃えよ我らが親愛なる祖国、今から繁栄へ進み行かん。）

　中国で何度も聞いた曲だった。『歌唱祖国』、舞台に掲げられているスローガンもこの歌から取られている。参加者たちも歌手の歌声に合わせて歌っている。本当にこの曲が好きだという表情が会場内にあふれている。歌い終えると熱狂的な拍手と歓声が嵐のようにわき上がった。

「恰好いゝなあ！」と溜め息をつきながら長澤が言った。「あの笑顔、凛々しさ、優しさ、素晴らしい！」とほめ続ける長澤に、

「もう一曲歌うみたいだよ」と伊江は舞台を指さした。

郭蓉が次に歌ったのが『長江之歌』。これもまた参加者の大興奮で迎えられた。彼女の歌に合わせて手拍子が起こり、合間合間に歓声がわき上がる。終盤に歌手がバイオリンを弾いて曲を盛り上げると、聴衆は総立ちになって賞讃した。楽団が奏でるフィナーレの演奏と参加者たちの大拍手の中で彼女は退場していった。うっとりしている長澤の顔を眺めながら、

「歌は未だ未だ続きそうだ」と言った。少女合唱団や男声合唱団を混ぜながら色々な歌手たちを迎えて、どうやら党中央宣伝局の選定した革命歌三十六曲全部を歌いきる予定らしい。歌が続いている間、参加者たちの興奮もずっと継続していたが、伊江はいさゝか食傷気味になってきた。

「だって革命歌といったって、打倒する相手は日本軍という場合が多いんですよね」と伊江は言った。「中国国歌にもなっている『義勇軍行進曲』。あれに出てくる『敵人』だって日本人のことでしょう。謹聴して歌う気にはなれませんよ」

「あなたの気持ちは判るけれど」と長澤は言った。「国歌というものはそれぞれの国の歴史の中で生まれてきたものだからね。外国人はそういうものとして尊重するしかないだろうさ」

続いて登場してきた歌手たちもそこそこの人気はあったが、郭蓉ほどの熱狂は無かった。彼女に匹敵する盛り上がりを見せたのは、最後に江思湘書記が登壇した時だった。紺のスーツに赤いネクタイを締めた、いかにも政治家風の押し出しを感じさせる男だった。満面に笑みを浮かべ、手をあげて参加者の拍手に答える様はアメリカ大統領選挙の候補者のようだった。「ありがとう」「ありがとう皆さん」とうなずきながら時間をとって歓声に応えている。

歓声と拍手が静まりかゝった時、やおらスピーチを始めた。

「同志の皆さん、今日はありがとう。天津市で進めてまいりました革命歌を歌う運動も順調に発展し続け、今や全国に影響を与えるまでになりました。今日の『中華紅歌会』も会場に入りきれないほどの多くの仲間たちの結集で大いに盛り上がりました。革命歌は大衆の心であります。大衆の願いや思いであります。大衆のなかゝら大衆のなかへ。これは毛《マオ》主席《チューシー》の一貫した教えであります。プロレタリア階級の革命事業の後継者は、大衆闘争のなかゝら生まれ、革命の大きな風浪のなかで鍛錬されて成長するものである。これも毛主席の言葉であります。革命は継続されなければなりません。天津市ではこの間、打黒唱紅を進めてきております。国中にはびこってきている黒道《ヘイタウ》（マフィア）、これを徹底的に撲滅しなければなりません。ご存知のように一口に黒道と言っても色々であります。ハエばかりではなく、虎もおります。『虎もハエも同時に叩く』と党中央も言っております。天津市では全員が革命歌を再確認し、大いに歌いながら革命事業を推進してまいります。全国の同志の先頭に立ってその戦いを果敢に進めていく決意を表明して私の挨拶といたします」

江思湘の存在が確認できたので、二人はそろって、彼の引っこんだ舞台裏に向かった。江思湘は未だ舞台の袖にいたが、幾人かの人たちに取り囲まれていて直接接触することはできなかった。秘書のような男が相手をしてくれて伊江のとっていたアポも確認できた。終了後、会場の前にあるレストラン・キースリングで食事をするから、そこに同席してくれと言う。江とも眼が合って、そういうことだ、とうなずかれた。

道路を挟んで公園の真向かいにある瀟洒《しょうしゃ》なビルディングがキースリングである。一九〇一年に創業されたということで、歴史を感じさせる古びた造りになっていた。通された二階の大きな窓からは外の公園が一望にできた。紅歌会に参加した人々が旗を丸めてぞろぞろ退出した後で、そのうちのいくらかゞ未だ公園にたむろしていた。

政治が赤いネクタイをしめているような江思湘はスーツ姿の四人の仲間を伴って入って

来、待っている伊江たちを見つけて、「君たちも食事は未だなんだろう。一緒に食べよう」と声をかけてきた。謝々《シェシェ》と二人がお辞儀をすると、七人用のテーブルを作らせ、自分は真ん中に伊江たちをその向かいに四人の仲間を四隅に座らせた。伊江は名刺を差し出し、自分が『産読新聞』の記者であることを明らかにした。長澤は名前だけ名のり、自分の身分を告げなかった。相手が彼も『産読』の記者であると誤解するように企んでいるのだった。江思湘は別段いぶかる様子もなく、連れてきた四人を簡単に紹介した。先程舞台裏で取り次いだ男も混じっていた。全員が市党委員会のメンバーだった。江思湘がメニューを見せて「何か食べたいものはあるかい」と聞いたが、伊江が「おまかせします」と答えると「みんなも一緒でいゝか」と四人に確認してからウェイターに注文をし始めた。そして「何でも聞いてくれ」と日本人に向かって微笑《ほほえ》んだ。

「『中華紅歌会』は大変な盛り上がりでしたね。驚きました」と伊江がお世辞混じりに言うと、

「いつもこうなんだよ。民衆はこういうものを求めているんだね」と江は答えた。「歌っているだけでなく、私が革命精神を忘れずに改革していこうとしているところが支持されているんだ」

「革命精神と言われても、今や中国共産党は猛烈に資本主義を進めるのに躍起となっているのではありませんか」

「そこそこ。毛主席が一番危惧していた状態に現在陥る危険性がある。毛主席は何と言っているか。『革命運動がなければ、地主・富農・反革命分子・悪質分子・妖怪変化がいっせいにおどり出、我々の幹部は、それを気にもかけず、多くの者は敵と味方をさえ区別せず、たがいに結託し、敵に腐食浸透され、分裂瓦解、ひっぱりだされもぐりこまれ、多くの労働者・農民・知識人も敵によって硬軟両様の手を使われ、こんな風にやっているうちに、短くて数年か十数年、長くて数十年で、不可避的に全国的な反革命の復辟《ふくへき》が現れ、マルクス・レーニン主義の党は修正主義の党に変わり、ファシスト党に変わり、全中国は変色するだろう』こう語っているのだ。今まさにその危険にさらされているということじゃないか」

江思湘が毛沢東の言葉を引用しているうちに、注文された料理が一度にどっと運びこまれた。羊肉のグリルとかフレンチフライ風の揚物とかゞテーブルに並べられた。

「こゝはラストエンペラー愛新覚羅溥儀《アイシンヂュエルオプーイー》も使ったとされている西洋料理の老舗だが、給仕の仕方は中国式だからね。食べ物の順番とか考えないで好きにやってくれ」と江は笑って、ビールを飲んだ。

「あなたは毛沢東の言葉をしきりに引用されていますが、あなたは文化大革命のようなことをやろうとしているのですか」と長澤が聞いた。江思湘は少し緊張した顔つきになって、「それが私に一番よくされる質問なんだ。文革については、党中央も認めているように行き過ぎが多々あった。だから私もこれを全面的に肯定するわけにはいかない。しかし私も文革世代の一員なのでよく判るのだが、あの時我々は本当に革命が自分自身のものであると身体全体で感じて生きていた。あれほど革命に対して確信に満ちていた時はなかった。世界全体が革命で統一されていた。そういう意味では素晴らしい時代だった」と言った。

「まるで文革を肯定しているように聞こえますね」と長澤が驚くと、

「そうかね。そうは言っていないんだがね。革命精神が旺盛な時代だったと言ったゞけだ」何か問題でもあるのかと問い返すかのように長澤たちの顔を思湘はしげしげ見つめた。

「あなたにとって革命はどれほどの位置づけに当たるんですか」と伊江が聞くと、

「私は共産党員で共産党は革命をする党です」と江は笑う。

「御説ごもっともです。名前と実態が乖離している党は世界中にたくさんありますけれど」と伊江が言った。彼は『次世代の党』が『爺《じじい》世代の党』であったことや『みんなの党』が誰の党でもなかったこと等を思い浮かべていた。

「革命をする中国共産党は反日を煽ることになってしまうのですか」と長澤が江に聞く。

「それは歴史的経緯だろう。抗日戦争は中国人民の英雄的戦いであり、中国共産党はその先頭に立って戦ってきたという事実。それは世界中の誰もが認めなければならない歴史だよ」

「抗日戦争なんてとっくに終わった現在でも、中国のテレビでは悪党そのもの〝日本人が現れる漫画のようなドラマをくりかえしやっていますし、反日教育も盛んに行われている。こうしたことが必要なんですか」と伊江が聞くと、

「反日教育なんてやっていないよ」と江。

「盧溝橋にある『抗日戦争紀念館』はどうなんです？」

「あそこも歴史的事実を展示しているだけだ。抗日戦争は中国共産党の出自を理解させることに直結するからね。大事に丁寧に伝えなければならない。だから細部にまでこだわって展示してある。それをもって反日教育だなんて言うのには首をかしげるね」

「最近、微博《ウェイボー》や博客《ボーケ》で反日宣伝をする者たちが増えていますが、そういう人たちにもあなたは人気があるようです。それについてどう考えられますか」と長澤が聞くと、

「何にせよ、人気のあるのは悪いことではない。共産党支配下にあるにせよ、政治は結局大衆の支持で決まるものだ。また、そうあるべきだ。民衆から反日の声が上がってきているのは、日本政府が歴史認識を修正しようとしたり軍国主義の象徴だった靖国神社にこ

ぞって参拝したりするからだろう。三千五百万人もが死傷した中国人民の恨みを過小評価してはいけないよ。今や中国は高度成長を達成し世界第二の経済大国になっている。新たな段階に入った中国には未だ未だ課せられた課題がある。内に腐敗を許さず外に敵対を許さず。打黒除悪《ターヘイツーオツ》と理性抗日は重要なスローガンだ。この闘争無しには中国は中華《ツォンファ》になり得ない。だからそういう声が全中国にふつふつと現れてきていることは喜ばしいことで、これをどんどん糾合していく必要がある。この動きは放っておいても拡大せざるを得ない。自然発生の国民意識だ。統一中国にとって国民意識は何よりも重要なもの。これさえあれば二十一世紀を領導していける。……今日は日本の悪名高い『産読新聞』の記者さんにインタビューを受けているが、私自身をとりあげてもらえばそれだけ私たちの運動の宣伝にもなる。マスコミとはそういうやり方で宣伝用に使うものだということを私は学んでいる。だから何でもいゝから出来るだけ派手に記事にしてもらいたいものだね」と江思湘は笑みを浮かべて語った。共産党幹部には珍しく開けっぴろげな発言をしているが、なかなかの策士。たゞ者ではないという印象を伊江は持った。この食事代は、伊江の強い遠慮にもかゝわらず、当たり前のように向こうが持った。

5　尾行されている

「どうでしたか？　大体予想通りの人物だったんじゃありませんか？」と伊江は政治家に会った時にいつも感じる胡散臭《うさんくさ》さを払うような気持ちで言った。江思湘は何かやってくれそうな実行力を感じさせる政治家であることは明らかだが、そのぶん脂《あぶら》ぎった野心をも感じさせてしまう。日本にもその手の政治家は少なからずいたので、多少眉に唾をつけるような気分にもなっていたのだった。

「今時、毛沢東の言葉を引用したり文革を肯定する発言をしたりする中国共産党幹部は珍しい。どう見ても異色の人間ではあるね」と長澤は考えこんでいる。

「彼が反日活動家たちと連絡を持っているのはどうやら間違いないところでしょう。彼の打黒唱紅運動は何を狙っているのですかね」

「まさか毛沢東ばりの文化大革命を再現しようというつもりはさすがにないだろうさ。たゞ運動を全国に広げたいという意志はあるようだ。つまるところは彼の影響力の拡大、党中央政治局での地位向上というのが狙いじゃないかな」と長澤は分析する。

「私たちにもご馳走してくれたりとなかなか友好的な態度でしたよね」

「そうだったね」

「ところが一方で反日運動を煽っている。変じゃありませんか？」

「日本の新聞社に噛みついても得することは何もないからね。彼が言ったように少しでも名前を広げてくれゝば、その方がずっと良いというわけだろうさ」

「毛沢東を尊重している割りには、知名度や世論重視の彼の活動スタイルはアメリカ大統領選のような感覚もあります。それがおもしろいところですね」

「大衆の意向を最大限尊重するというやり方は確かに政治の王道ではあるだろう。目ざとい政治家はそれを自分の都合の良いようにじょうずに利用する。毛沢東もまさにそれを得意とした。江思湘は完全にそれに気がついている。そういうことかな」

　頭の中の記憶装置に江思湘をしっかりインプットし、彼らは帰途についた。

紅歌会の会場のすぐ下にある小白楼《シャオバイロウ》駅から地下鉄に乗り、栄口道《インコウダオ》で一号線から三号線に乗り換えた。北京と同様に乗り換え客は早足で連絡路を歩くが、その数はずっと少なく、通行路の端から端まで見わたすことさえできた。人々の姿はそれこそ千差万別で、服装は日本以上にカラフルで、大胆にいちゃついている男女のカップルも眼についた。スマートフォンに見入っている姿の多さは日本と同様で、電車の中でも大声で通話しているのが違うところだった。

天津駅に着き、高速鉄道の切符売場で切符を買ってから出発までの間、空港のそれのように広い待ち合いロビーに座って待機する。回りにはいかにも旅行客たちが入りそうなコンビニや書店、土産物屋、食べ物屋等が並んでいる。椅子に座りながら店をぼんやり眺めていた伊江は、突然電気に打たれたように視線の動きを止めた。そして、

「長澤さん、右角にある本屋にいる男を見てください。あまりじろじろ見て向こうに悟られないようにね。あの黒いブルゾンを着た男です。あの下駄のように四角い顔に見覚えがありませんか?」と小声で言った。

「いや」と長澤が首を横に振ると、

「キースリングに私たちの後から入ってきたグループの一人ですよ」と伊江はさゝやいた。

「江思湘の書記局の?」

「違います。その後からもう一つ別のグループが入ってきたんですよ。同じく男四名でした。そして我々からちょっと離れたテーブル席についたんです」

「その中の一人にあの顔があったというわけだな」と長澤の顔に警戒の色がうかんだ。

「えゝ、ちょっと印象に残る顔でしたので覚えているんです。しかも地下鉄も一緒だったんです。栄口道の連絡通路、あそこでも私たちの後方を歩いていました。おかしいなと少し疑ったんですが、そういうこともあるかなと考え直しました。でも高速鉄道まで一緒だ

となると、これは変じゃありませんか」

「少しも気がつかなかったなあ」

「尾行されているんですよ、きっと」伊江がそう言うと、長澤は、う〜んとうなり、

「他の三人もいるかい？　このあたりに」と聞いた。

「それがよく判らないんです。いるようでもあるし、でも誰がそうなのか判断できないんです」

「相手が四人となると用心しなけりゃいけないな」

「そういう問題ですか？」

「いや」と長澤は首を振って「物理的力関係の問題じゃないな。実際我々が武闘するなんて考えられない。そもそもなんで我々が尾行されなければならないのか、それすら判らん」

「江思湘のご機嫌を損ねたとか」

「それで尾行されるのか？」

「名刺を出さなかった長澤さんが怪し過ぎたとか」

「よしてくれよ。それほどの印象を残す顔じゃないって、俺の温和な顔は」

「もともと反日勢力を応援しているような人たちなんですから、何があっても不思議はないくらいの用心深さが必要だったのかもしれませんね。日本大使館の一等書記官が顔を出

したところから事態がおかしくなってしまったのかもしれませんぜ」

「伊江さん、そう人を脅かさんでくれよ。未だ何かゞ起きたわけではないのだから」

「いずれにせよ私たちが何かアクションを起こさなければならないという段階ではないですね。用心しながらしばらく様子を見ましょう」

発車時刻が近づき、二人は和諧号の出発ホームに入った。尾行者は確認できなかった。一等の五号車に乗り席につく。定刻となって滑り出すように高速鉄道が走り出すと、

「車内を見てきますよ、あいつがいるかどうか」と伊江が立ち上がった。

一本の廊下のようにつながっているので見わたすのに楽だった。五号車の後ろの四号車にその男の四角い顔があった。隣りには似たような雰囲気の男が座っている。キースリングにこの男もいたような覚えがある。それを確認する時、男たちと視線がぴったり合った。伊江はぎこちなく後ろに向き直って自分の席に戻った。

「いましたよ。二人で座っています」と長澤に報告すると、

「この中では何もできんだろう。北京に着いてから彼らをまいてしまうしかない。つけているってことは我々の正体を探りたいということなんだろうから」と彼は言った。

「新聞社か大使館の車を駅に待機させておいた方がいゝでしょうか?」

「いや、それはまずい。そんなことをしたらこっちの身分を明かしてしまうことにもなり

かねない」

「身分がバレると何か不都合があるんですか」

「それはあるだろうさ。外交にかゝわることは何事も秘密にしておくのが一番なのだ」

「では、タクシーでも使って彼らをまいてしまいましょう」

「機敏に行動しないとな」

そうやって北京に着いてからの段取りを頭に描いていたが、その目論見《もくろみ》が実行されることはなかった。北京駅への到着が近づいて二人が下車準備にかゝる頃、例の男を含む四人の男が彼らに近寄ってきた。どの顔の眼も鋭く光っている。

「失礼、そこをどいてください」と伊江が立ち上がると、

「勝手な行動を取るな。俺たちから離れるな」と肩を押さえつけられた。

「あなた方は一体何なのですか？　何でこんなことができるんです？」と声を荒げると、男は胸ポケットから警察証を取り出し、それを伊江の鼻っ面に突きつけた。

「誰だか判ったろう。判ったならば言うことをきけ」ともう一度伊江を座席に押しこんだ。

「警察か……」と四人を見渡してから長澤は静かに視線を落とし、「しばらく彼らの言うなりになっている方がいゝな」と伊江に言った。

北京駅では四人の私服警官に囲まれ、そゝくさと通行しなければならなかった。駅頭に

は警察の黒い車両が待機していた。それに乗って連れて行かれた先は、先日伊江が訪れた国家安全局の建物だった。

中に入ると伊江と長澤はそれぞれ別の場所に移された。伊江が入れられたのはこの間と同様、机と椅子しか無い取調室のような殺風景な部屋だった。そこでかなり長い間待たされた。いらいらしているうちに夜も更け、うつらうつらと睡魔が襲ってき、いつの間にか机にうつ伏して眠ってしまっていた。

「長い間お待たせしてすみませんでした」という声に起こされてゆっくり顔を上げると、眼の前に見覚えのある、頭の薄いゝかつい顔があった。

「私は国家安全局の汪信哲です。伊江和夫さん、あなたとはこの前お会いしましたよね、覚えていらっしゃいますか」と以前同様、紳士的な口調で言ってきた。

「もちろんです。国家安全局に呼び出されるなんてそうそうあることではありませんからね」

「あなたとは又どこかでお目にかゝれるとは思っておりましたが、こんなに早くその時が来るとは考えておりませんでした」

「それはこっちのせりふでしょう。わけも告げられぬまゝ、あなた方に連行されてきたのです。一体どういうことか説明していたゞきたいものですな」

「いや申し訳ありません。こちらの勘違いでした」

「勘違い？」

「そうです。お連れの方は日本大使館の一等書記官さんだったようで、とんだ勘違いでした」

「彼に話しを聞いたのですか」

「はい、全部すっかりお話しいたゞきました。あなたの取材活動に同行したゞけだったようで。ご無礼を丁寧におわび申し上げて、大使館の方にお送りさせていたゞきました。伊江さんにつきましても、おうちの方へ送らさせていたゞきます」

それにしてはやけに時間がかゝったじゃないか。長澤から相当しつこく情報収集していたのは間違いない。何かある、と伊江は考え、

「ちょっと待ってください。これはそれで済む話しじゃないでしょう。旅先で強引に拉致され長時間不当に拘束された結果、勘違いでしたお帰りくださいだなんて、そんな身勝手な理屈は通らないでしょう」と言った。

「ですからご無礼をおわびしているのです。長澤さんには本当に気持ちよく受け入れていたゞきました」

「彼は彼です。私は納得しません」

「ではどうすれば納得していたゞけますか」

「説明が必要です」と伊江はきっぱり言い切った。彼の新聞記者精神が強く脳細胞を刺激していた。「なぜ私たちが捕まったのか、その容疑は何か。少なくともそれを教えていたゞきたい」

「いやいやすべてこちらの勘違いなのですから、それを言ったところで意味を持たないでしょう」

「そんなことはありません。あなた方が何をもって私たちを疑っているのか、それは知っておきたいところです」

「あなた方に何か嫌疑がかゝっているということではないのです」

「え？　どういうことですか？」

「いや、これ以上申し上げることはできません」

「なんだか奥歯に物のはさまったようなおっしゃりようですね。全然判りません。あなたはご自分の説明で私が納得するとお考えですか」

「納得されないかもしれませんな。しかし犯罪捜査という仕事の関係上、警察権力というものは往々にしてそういうものなんじゃありませんか。日本の場合は違いますか」

「こんなべらぼうなことが起きるはずはありません」

「本当ですか」

「はい、そう信じます」

「まあ、いゝでしょう。自分の国が美しく見えるのは自然の成り行きです。ところが私はあなたと違って自分の国をそんなに美化しているわけではないのです。意外でしょう？」

「何を言われているのか判りません」

「そうでしょうとも、今日のところはこれぐらいにして、いつかゆっくりお話しをしたいものですな。あなたの記事のネタになりそうなこともお話しできるかもしれません」

そう言われて、その日はそれで終わることゝなった。

6　笛の音が聞こえてくる

数日後、汪信哲と会った。

場所は后海の畔にある居酒屋。バーやレストランがにぎやかに立ち並ぶ后海の南側ではなく、北西の端にある店だ。七時を回っていて薄暗かったが、街灯は未だついておらず、水面に釣り糸をたらす人々の影もあった。そよ吹く風が水面にさゞ波を作り、湖畔に並ぶ柳の枝を揺らしていた。バー街の各店から競うように流されていたライブの音楽は、こゝまでは全く届いて来ず、かすかな水の音、柳のそよぐ音に混じって、遠くで奏でられている笛の音が聞こえてきていた。静謐《せいひつ》が支配した心なごむ広々とした景色だった。昼間舟遊びに使われていた手漕ぎボートが並んで係留されている水辺にその店『東方紅《ドンファンホーン》』があった。

水上につきだして設置されたテラス席に汪信哲は座っていた。仲間は連れておらず、時間が早かったので他に客の姿もなく、ぽつりとして寂しげな空気だった。

「やあ、よく来たね」と伊江に気がついて汪は手をあげた。すでに飲み始めていて、既に少し酔っているようだった。テーブルの上には瓶に入った二鍋頭酒《アルゴウトウジゥ》と河エビの素揚げが皿に盛って置いてあった。伊江が席に着くと、

「さあ、乾杯しよう」と手渡したコップに透明な白酒《パイジョ》を汪はなみなみと注いだ。コップを近づけてからお互いに一気に飲み干すのを確認し、又すぐに注いだ。そして「良い酒だろう。二鍋頭酒、私はこれが一番好きだ」とリラックスした口調で言った。

「白酒は私もよく飲みます」

「これが一瓶で八元。信じられない値段じゃないか?」

「日本では少なくともその七倍はしますよ」

「日本でもよく飲まれているの?」

「いやあまり飲まれていません」

「どうしてだろう？　ロシアのストリチナヤウォッカに匹敵する名酒だと思うが……」

「ストリチナヤも今ではメジャーではないようですよ」

「どうしてだろう？」

「健康に関する何かゞあるんじゃないですか」

「この二鍋頭も五十六度だから、少し強すぎるかもしれんが……」

「作り方に問題があるんじゃないですか」

「それはない。二鍋頭とは二度蒸留するという意味だ。つまり純度は抜群。原料は中国を代表する穀物、紅高粱《ホンコウリャン》。北京市民に一番愛されている歴史ある地酒だよ」

「そうでしたね」

「あなたは『赤い高粱』という小説を読んだ？　ノーベル賞作家莫言《モーイェン》の」

「張芸謀《チャンイーモウ》の映画でなら観ました」

「あの映画でも判るが、紅高粱の圧倒的な赤さ、あれは強烈だ。小説でもそうなっている。莫言の作品は色彩描写に特徴がある。中国の大地に通う血液が吹きだした赤さ。あの鮮やかな赤は鮮烈に心に焼きついてくる。それがこの酒に蒸留されている。そう思うと余計感慨深いじゃないか。酒はそれにまつわるイメージとかストーリーとかといったものに大いに作用される。味もゝちろんだが、飲んだときの心持ちにどういうものが醸《かも》し出せるのか、それが大事なんだから」

「中国の大地にしみこんだ血液という話し、それに関連するかもしれないけれど、『赤い高粱』で日本兵が中国人の生皮を剝《は》いで処刑する場面があります。すごく残酷な殺し方で日本人ならこういうことをやりそうだとして描かれているのだろうけれど、日本にはそんな伝統は全くありません。こういうのをミスリードって言うんじゃありませんか」

「ほら、自分の国を美しいと思いたいという持ち前のステレオタイプが出てきた。日本にはそんな伝統は全くありませんだって。当たり前だろう。どこに生皮を剝いで処刑するなんて伝統のある場所があるというんだ？　人殺しを正当化するような動乱の時には、並みの想像力などはるかに超える凄惨な事件が起きるものだ。あの戦争中、数千万もの中国人が眼の前でそれを体験せざるを得なかった。その情況を理解すべきだろう」

「問題は戦後七十年たって、戦争を体験した者の数がわずかになっている現在において尚、小日本人《シャオリーベンレン》は虐殺者、中国人は正義の人と声高に叫び続けるのはどういう意図かということです。ご承知のとおり、戦争放棄した日本はあの戦争以後一度も戦争に参加していません。一人の人間も戦争で殺していません。その間、中国では何が起きていたんですか。自分の国の歴史にこそ眼を向ける必要があると考えますね」

伊江がそう言った時、前后海の周囲を取り囲む遊歩道に設置されている街灯がともった。

柔らかな橙色をしたナトリウム光だった。水面に浮かぶボートの群れがあらためて視界に浮かび上がった。店の客は増えておらず彼らの座っている席以外はみな空席のまゝだった。わずかに二人だけが暗い公園で飲んでいるというひっそりとした風情だった。そんな静けさを楽しむように汪はのんびりくつろいだ恰好をして穏やかな表情で話しを聞いている。

「そうだよな」と汪は言った。「あなたの言うとおりだよ。どこでも自分の国を美化しようと一生懸命だ。でも私は違うからね」そう言ってあたりを見渡した。彼らの頭上に電球に照らし出された、店名を示す看板があった。汪はそれを指さし、「この『東方紅』が何からとられたかは知っているね」と聞いた。

「歌のタイトルでしょう」

「そうそう。誰もが知っているな。文革期には国歌として使われていた。中国が最初に打ち上げた人工衛星はこの曲のメロディーを宇宙から流し続けていた。感激したものだ」

「一時歌われなかったようですが、最近また歌われるようになっているみたいですね」

「そうかね。どうせ江思湘かなんかの影響だろうさ。この曲の歌詞を知っているかい」

「いゝえ」

「东方红《ドンファンホン》、太阳升《タイヤンシヨン》、中国出了个毛泽东《チョングオチューラガマオツォートン》。東が明らみ、太陽昇り、中国は毛沢東を生み出した。他为人民谋幸福《ターウェイレンミンモウシンフー》、呼儿咳呀《フーアルヘイヨー》、他是人民的大救星《ターシーレンミンダイジウシン》。彼は人民のために幸せを図る、フーアルへイヨー、彼は人民の救いの星。毛主席《マオチューシー》、愛人民《アイレンミン》、毛主席は人民を愛する……こういった歌詞で始まって、最後はこう締めくゝられる。哪里有了共产党《ナーリヨウラゴンチャンダン》、呼儿咳呀《フーアルヘイヨー》、哪里人民得解放《ナーリレンミンディジエファン》。共産党のあるところ、フーアルヘイヨー、人民は解放される。……私に言わせりゃ、意味の無いかけ声フーアルヘイヨー以外、全部間違っている。むしろ逆だ。毛沢東は人民のために幸せを図ってはいないし、人民の救いの星ではない。毛沢東は決して人民を愛さなかった。共産党のあるところ人民が解放されることはない。これが真実だ」

　思いもよらない言葉が出てきたのを伊江は眼を丸くして聞いていた。中国人の、しかも公安の口から出てくるような話しではない。殺し屋がウクレレをひいて漫談を始めたようなものだ。この男は何を考えているのだろう。この髪の薄い男に興味を持った。

「伊江さん、あなたの書いた記事を読みながら、私は何度もうなずいたよ。あれらの記事は大方真実だ。中国人には書けないがね。前にあなたに警告したように国家安全危害罪とか国家政権転覆扇動罪とかで捕まってしまうからね。私はまさにその捕まえる側の当事者というわけだが。そういう法律があり、そういう仕事に従事している以上、私は給料分の働きはするが、あなた方が書いたり言ったりしていることが真実であるかそうでないかは別問題だ。中国が今や驚くべき格差社会になってしまっているのは隠しようもない。天安門には毛沢東の肖像が掲げられているが、それはこゝが共産党独裁の地であることを威圧するためだけの標識だ。毛沢東思想の共産主義なぞ中国のどこにも存在しないという事実を今更あらためて言いたてる者さえいない。共産党高級幹部が利権をあさり、莫大な利益をかすめ取り、富と権力で人民の上に君臨している状態は否定しようがない事実だ。人民のはるか頭上で投機と投資がくりかえされ、人民の生活は破壊され、あぶく銭が党幹部の懐《ふところ》に流れこむ。現状はそうなっている」

「あなたも共産党員なんじゃありませんか」

「そう。私も党員だ。党員でなければこの仕事につくことはできない」

「つまり党員の中には現状を憂いて、できれば変えたいと考えている人々がいるってことですね」

「いや、そうではないだろう。八千七百万人の党員は皆この富と権力が入り組んだしがらみの中で活動している。これを変えようなぞと考える者はほとんどいないだろう」

「いても、あなたのような公安がそれをつみ取っていくわけだ」

「そういうことになるかな」

「それはどういうことなんです？　間違った情況はあるけれど、それを変えることはできない、してはならないってことですか」

「体制が壊れてしまう危険性があるからね。体制護持はやはり至上命題なんだろうさ」

「他人事みたいなおっしゃりようですね」

「他人事ではない。私にとっても喫緊の問題だ」

「江思湘はどうなんです？　彼の打黒唱紅運動は、そういう腐敗した現状を打破しようと始められたものじゃありませんか」

「そこそこ、問題なのは。毛沢東の言葉を盛んに引用するような奴には警戒が必要なんだ。奴の行動には眉に唾をつけて見ていなければならない」

「でも彼は党中央の政治局員なんでしょう」

「そうだよ。それがどうした？」

「あなたも認める絶対的権力者である共産党の中央幹部。その行動をそうやってこき下ろしていゝものなんでしょうか」

「中央官僚の何が偉いんだ」

「貧しい中国をGDP世界第二位の経済大国に押し上げたのは彼らの功績でしょう」

「外資を導入して市場を明けわたしている国はどこでもそれなりの成長を果たしているものさ。中国は何周遅れかでそれを始めたゞけだ。ずっとまるで不倶戴天《ふぐたいてん》の敵であるかのように市場経済を拒絶してきた党が急に大転換をし、盛りのついた馬のようにやり始めた。党幹部は欲にまみれた買弁資本家となって金儲けに狂奔しましたとさ。それでめでたしめでたしってことか」

「毛沢東が一番警告していた事態に陥っているわけですよね。そういうことだと、江思湘がやっているように毛沢東の言葉を思い起こさせる運動が必要になってきはしませんか」

「あなたは毛沢東が人民を愛し人民のために幸せを図る人民の星だとでも思っているのか？」

「そうは思っていませんが、絶対的偶像として中国では機能しているのではありませんか。そうでなければ天安門にあれだけ大きな肖像を掲げないでしょうよ」

「あなたの国の天皇みたいにか」

「カリスマ性はもっと強いでしょう」

「恐怖を伴っているからね」

「恐怖ですか？　尊敬と親愛の感情ではないんですか」

「額面通りだなあ。あなたにしては珍しい。中国人の感情はそんなに単純ではないよ」

「中国人の実際の言動を見てそう思ったんですけど」

「真実が判っていない人々もたくさんいるからね。いや、大部分が真実を知らされていない。それでも現実の政治から多くのことを学び取っている。あのしょうもないクズ鉄作りで農村を溶鉱炉だらけにして全土を飢餓地獄に陥れた。文化大革命の名を借りた悪ガキたちの内乱で文明社会を破壊させた。毛沢東が直接命令したこれらの事件で何千万人かの中国人の命が奪われている。これだけだって中国人にはとても忘れられない出来事なんだよ」

「それはそうでしょうね」

「あなたのような外国人には、中国人には触れられない多くの情報を得る機会があるだろうに」

「まあ、そういうつもりで自分の仕事をやっているわけです」

「私も仕事の関係で危険文書を読む機会がある。王明《ワンミン》、李徳《リトロフ》、李志綏《リチスイ》、張戎《ユンチアン》等の書物は中国革命の裏側を知る上で貴重だった。これらの本は毛沢東の本当の姿を教えてくれる。あなたは読んだ？」

「ユン・チアンは『ワイルド・スワン』の作者ですね。あの人の『マオ　知られざる話し』は読みました」

「欧米でベストセラーになった本だからな。それくらいは読んでいるだろうさ。でもまさか、それだけじゃないだろうね」

「まあ、他にも色々読んでいます。でも国家安全局の人にそんな言われ方をされるとはね。驚きです」

「驚くだろうね。飽くまでもこれはあなたのような外国人に向けての話しだからね。国内向けには別の顔があるさ。だからといってあなたが何を書こうと私は困らない。あなたが何を書こうとそれよりも私の言葉の方が信頼されるだろう。そもそも毛沢東思想であろうと何であろうと思想的な話しは党内ではあまり問題にならないんだ」

「思想的な話しは問題にならないですって！」と伊江はことさらに驚いたような声をあげた。「あなた方をさゝえるものは何なんですか？」

「拉関係《ラーグァンシィ》（人脈）と発財《ファツァイ》（金儲け）だね。これまでに私はおびたゞしい実績を積み上げてきている。だから私の地位は何があっても揺るぎないという確信があるのさ」

「そうなんでしょうね」と伊江も酒を飲み続けた。既に二鍋頭酒を二人で二瓶空けていた。後から注文した叉焼肉《チャーシャオロー》も餃子《ジャオズ》も食べつくしていた。「日本の官僚も同じですが、お役所には一般の人間には思いもつかないやり方がまかり通っているんですね。建前は見事にのたまうが実際は全然違うとか、返事はするがまるで動かないというような」

「くだらないご託をもっともらしく指導者面して得々と述べる奴とかね」と汪はわだかまった嫌悪感を吐き出すように言った。「私は逆だからね。能書きはたれないが、きっちり実行するタイプだ」

「不合理なことを無批判に実行するのなら、そっちの方がむしろ悪質じゃないですか」

「無批判じゃないよ。こうやって根本的な批判をしているのを見ても判るだろうに」

「中国共産党に縁もゆかりもない外国の新聞記者に向かってですね」

「あなたの新聞はどういう理由で中国批判をしているのか？」

「隣人としての関心ですかね。こちらに累をおよぼす可能性もありますしね」

「だから私のように内部から批判する者が貴重なんじゃないのか？」

「毛沢東が今のような党員の姿を見たら何と言うでしょうね」

「あなたは本当に毛沢東を知っているのか？　それこそ能書きや建前はごまんと書きおろして人々にそれを押しつけてきたが、実際彼がやってきたことは何だったのか。奸計《かんけい》や権謀術数を使っての仲間たちの排除殺害、粛正の名を借りた虐殺のくりかえしだった。富田《フーティエン》事変に始まる『ＡＢ団分子』狩りと称する党員の大量殺戮、整風運動、文化大革命、これらすべて毛沢東を唯一のカリスマとするための権力闘争だった。大衆を動員した集団リンチだった。どれだけの真面目な党員たちが虐殺されてきたか。どれだけ罪の無い人民の命が奪われてきたことか。革命の名のもとに実行された貪欲な個人的権力欲の発露。人間の業の深さをまざまざと見せつけられる。このおぞましい歴史の真相をあなた方外国のジャーナリストは徹底的に暴露していく必要があるんじゃないのか」と唇をふるわせて語る汪の表情は鬼気迫るものがあった。飲み過ぎたせいばかりではないようだ。その強い口調に驚かせられつゝ、伊江は今更ながら言わずもがなの苦言を呈する。

「『抗日戦争紀念館』ではそんなこと、かけらも扱っていませんよ。中国共産党の一貫した正しい闘争としか言いようのないパネルが詳細に展示されているだけです」

「それを押し通すことでしか中国共産党の権威は保たれないと考えているからだろうさ。恥ずかしながら、私もその体制護持の一環をになっているわけだけれど、それも今後どうなっていくのかは判らない。あなたにだけはこうして本音を語っているがね」

　酒の酔いもすっかりまわって、この静かな湖畔もなんだか親しみやすい自分の場所のように感じられてきていた。同時に汪信哲という人物も自分と同じ側にいる人間であるように思われてきた。中国共産党員だと言うが、伊江らの世界観と変わりはしない。それにしてもこうした話しを堂々と表明するなんて、一体どういう人間なのかと疑ってもみる。わざわざ伊江と話しをしたのは、どういう了見からだろう。それも謎のまゝだった。ひょっとして天津訪問後の検束は伊江や長澤の側に問題があったのではなく、江思湘の方に狙いがあったのかもしれない、と考えてみる。今夜の話しの具合からすると、その可能性も充分あり得る。汪信哲は江思湘や毛沢東を終始一貫けなしていた。伊江と話す機会を設けたのも、それを知らせる目的だったのかもしれない。酔っ払って上機嫌になっている汪を見ながら、この男の生活を覗いてみたくなっている伊江だった。

第二　黒色の章

7　虐殺されたようなもんだ

天安門前広場に集まった百万人の紅衛兵を毛沢東が激励した熱狂の盛り上がりから一年経過した一九六七年七月、文化大革命の火の手は全国に燃え広がっており、闘いも凄惨さを増していた。汪信哲は八歳だった。

革命前から共産党員であった信哲の父親は、オストロフスキーの小説にあるように自ら鋼鉄を鍛えあげる心構えで波瀾万丈な毎日を過ごしていたが、革命政権が樹立されてからは、順風満帆とまでは言えないものゝ比較的平穏な生活ができるようになっていた。信哲が生まれた時には父は党書記として信望を集めていて、それなりに恵まれた環境に取り囲まれていたのだった。母親は高等学校の教員をしていて、信哲の託児所・幼児園は彼女の勤める学校に併設されていた。それで彼にとって学校というものは家庭と同じぐらいに身近な存在であったし、小学校への入学は待ちに待った瞬間だった。

その入学式の日、初めて登校した新入生を最初に迎えたのは、何本もの赤旗を高く掲げ、『紅衛兵』の腕章をつけている先輩たちの群れだった。赤旗が揺らぐ下を新入生が通る時、太鼓やラッパの鳴り物入りで、毛主席の立派な戦士になろう、毛沢東思想を学習しよう、とあびせかけられるように何度も告げられた。学内でのデモンストレーションを許しているところを見ると、先生方が紅衛兵の運動を認めているのは確かだったが、実際どう扱ったら良いのかはよく判っていないようで、結局あたかも彼らが存在していないかのような態度に終始していた。

『造反有理』を呼号する紅衛兵たちは自分たちの考えのまゝに勝手に行動している風でもあったが、彼らなりに上部の組織と連絡を持っていて、行動パターンは全国いたる所で似たようなものとなっていた。毛沢東語録をふりかざしながら革命の継続を声高に叫び、反革命的分子を摘発する。何の手続きも遠慮もせずに傍若無人にそれを遂行した。当然ながら現場では混乱や軋轢が発生するが、彼らが党中枢とつながっているという事実が彼らを無敵にしていた。

信哲の両親もこの文革の進行方向に途方に暮れていた。これからどうなるのか、文革はどこまで進むのか、その疑問と不安が当初しきりに二人の間でやりとりされていた。

「江青《チアンチン》の 釣魚台《ディアオユイタイ》と林彪《リンピアオ》の毛家湾《マオヂャワン》、こゝからの司令が文革を動かしている」と父が言うと、

「中南海はどうなっているの」と母は聞く。

「劉少奇《リウシャオチー》も鄧小平《トウンシャオピン》もゝうだめだろう。毛沢東だけが残っている。恐ろしい事態に突入しつゝある」そういう父親の唇が震えているのを信哲は見た。

「『中国のフルシチョフ』って責められているけれど、劉少奇こそ毛主席の路線を実直に実践してきた人じゃないかしら。ソ連と仲が悪くなってからもずっと毛沢東思想を支えてきた。『司令部を砲撃しろ』だなんて、プロヴォークにもほどがあるわ」

「実際、その扇動に乗って党組織や党幹部が次々と襲撃されている」

「あなたも危ないわね」

「あゝ、俺はソ連に留学しているしな。やられる可能性は十二分にある」

「留学したからって、それだけで責められる理由になるの？」

「実権派とレッテルを貼られた人々の実績を見てみろ。紅衛兵たちに攻撃される罪状なぞ全く無根拠な代物だ。でっちあげもいゝところだ。それに比べれば、ソ連で学んだなんて、それだけで大変な罪を負ったことになりかねない」

「権力闘争なの？」

「いつもどおりのな。しかし今回はいつもに増して熾烈な展開になっている。知人たちも既にだいぶやられている。俺のところにやって来るのも時間の問題かもしれない」

「こわいわ、私」と母親が青ざめた顔をひきつらせると、

「うん」と父親も恐怖をあらわにした表情になった。

夫婦の間でそういう会話があったのもつかの間、父親逮捕の時がやってきた。逮捕といっても、家になだれこんできた大勢の紅衛兵たちにねじ伏せられ、無理矢理連れ去られていったのだった。その際、証拠品押収と称して家中が滅茶苦茶にされ、めぼしいものはことごとく持ち運ばれていった。それは証拠押収でも何でもなく、与太者たちのあからさまな強奪行為に他ならなかった。信哲は親から貰った文房具や玩具が当然のように若い紅衛兵の手にわたっていく様子を泣きながら眺めていた。

父親は大人の身体をした紅衛兵にがっしり両脇を抱えられ、拘禁所まで連行された。途中、取り囲んだ紅衛兵たちに殴られたり蹴られたり物を投げつけられたりしながら、倉庫を換用した拘禁所に引きずりこまれていった。紅衛兵たちの後をうなだれてついて行った信哲は、父親の連れて行かれた先を見届けてから踵《きびす》を返した。

町中が茶色く枯れてしまったような気持ちで家に戻ると、床に放り投げられて乱雑に散

らばった書物を静かに拾い上げている母親の姿があった。涙がぽたぽたと床にたれていて、足元は今にも倒れそうに覚束なかった。信哲の顔を見ると、

「お父さんについて行ってくれたの？」と聞いた。

「うん。牢屋になっている倉庫に連れて行かれたよ。……何度も殴られていた」と泣き声で答えると、母親は両手で顔をおゝって嗚咽《おえつ》した。それを見て信哲が本格的に泣き出すと、母親は彼を抱きしめ、二人で抱き合って大声で泣いた。

「がんばろうね。私たち何も悪いことしていないんだから」と母は信哲の頭を撫でた。しばらくそのまゝで、ようやく気を取り直してくると、母親は床に散らばった書物を再び拾い始め、

「本をこんな風に投げ捨てるなんて、一体あの子たちどうなってしまったのかしら」とつぶやいた。棚は引き倒され、飾ってあった置物をはじめとして家財道具さえ奪い去られていた。

「時計まで持って行かれた」信哲は呆れ果てゝいたが、母が作業をする姿を見てそれを手伝った。持ち去られた物があまりにも多くて、元の生活にはとても戻れない気がした。連行された父親がどうなるかも判らず、一家のこれからはそれこそ風前の灯さながらだという情況は判った。

「お母さん、聞いてもいゝ？」と信哲があらたまって言った。

「いゝわよ」

「修正主義ってなあに？」と信哲が聞くと、母親は電気に打たれて衝撃を受けたように身体を固くして言った。

「お父さんをそういう言葉で罵《ののし》っていたわね。まるで犯罪者とか悪魔とかと言っているように。でも、あの人たち、自分の言っていることの本当の意味を判っていないと思うわ。あの人たちが怒っているのは判るけれど、それがどうして私たちに向けられるのかしら。彼らの怒りに満ちた言葉、猛々《たけだけ》しい行為、それが何の因果関係も無い罪の無い者に暴力的に向けられている。一体、何馬鹿なことやっているのって思うわ」

「お父さんは反革命なの？」

「絶対に違うわ！」

「でも、みんな何度も何度も言っていたよ。お父さんのこと、反革命分子だって」

「みんなって、あの紅衛兵たちだけでしょう。あんな人たちに何が判るの？　いゝ？　信哲、しっかり覚えておいて。お前のお父さんは反革命だったことなんてたゞの一度もないし、これからも絶対にないって。それはお母さんが一番よく知っていることよ。私たちが結婚する時、これから二人でしっかり革命を成功させていきましょうって誓ったわ。私たちの理想も目標も全部革命の成功にあったのよ。二人の幸福を世界中の人民の幸福と結びつけて考えていた。その気持ちは今も全然変わらないわ。彼らは、お父さんが反革命の何をしたって言っているの？」

「……」

「判らないでしょう？　そうよ、そのはずよ。彼ら、具体的な事実は何一つ言っていないんですもの。お父さんに勝手にそういうレッテルを貼りつけて問答無用で連行していったんですもの。そんな無法が許される？」

「『革命は絵をかいたり刺繍《ししゅう》をしたりすることではない。そんな風に風流でおゝらかにかまえたものではあり得ない。革命は暴動である。ひとつの階級がひとつの階級をくつがえす激烈な行動である』って言ってた」

「語録のその部分、紅衛兵は大好きよね。小さな赤い本開いて、その部分をしかめ面で読みながらデタラメをやり放題。得意になって蛮行をほしいまゝにしている。自分が何をやっているのか判っていないの。情けないわ。」そう言って母親はもう一度信哲をきつく抱きしめた。そして、「お母さんは、子供たちが科学と民主主義を身につけ、しっかり判断できる人間になって欲しかった。何が自分に必要で、それが他の人々とどういう風に結びついているのか。それを把握できる人になってもらいたかった。教職という仕事を選んだのにはそういう理由もあった。私たちが反革命なんかじゃないことは、誰もが知っていることだわ。今日、お父さんを連れて行った紅衛兵の中には私の高校の生徒もいたの。なんであんなことができるのか、それがとても悔しい」と言って唇を噛んだ。

「これからどうなるの？」と信哲が聞くと、

「どうなるのかしら。ごめんね、お母さんにも判らないわ。でも何とかして生きていかなくちゃあね」と母親は言った。

その言葉どおり、どうにか台所用具と食材、それに寝具は整えられた。捨てる神あれば拾う神ありで、近くに住む人の助けもあったのだった。

ちょうど休業中でもあり、この夏、信哲も母親もほとんど学校には顔を出さなかった。しかし文革を進める紅衛兵たちにとって学校はその進撃基地として大にぎわいの夏となっていた。

信哲は紅衛兵とその仲間の大人たちがたむろしている、拘禁所となっている倉庫にはよく通った。捕えられている父親に会うためである。正規の刑務所とは違っていて、そこに詰めこめられている囚人たちの姿をしばしば眺めることができたのだった。鉄格子を通して中を覗きこむことさえできた。近くの煉瓦工場へ働きに出されることもあって、そこへ向かって歩く隊列の中に父親を発見することができた。囚人たちは年中殴る蹴るの暴行を受け、執拗にいじめ続けられていた。紅衛兵たちはあたかもそれが求められる革命行動であるかのように、自信を持っていじめをくりかえしていた。一週間ですっかり消耗してボロ切れのようになっている父を指さして、

「お前の父親か」とリーダー風の高校生らしい紅衛兵が聞いてきた。信哲が黙っていると、

「毛主席も彼の最初の敵は父親だったと言っておられる。誰であろうと階級の敵は憎まなければならない。あのよろよろした男はあれでも階級の敵だ。同情なぞ決してしてはならない」と言ってきた。それを聞いて思わず信哲は、

「どうしてお父さんが階級の敵なんだ?」と言い返した。

「こゝに入れられている人間は皆階級の敵なのだ」と当たり前のように紅衛兵はうそぶく。その涼しい顔が憎らしい。

「お父さんは階級の敵なんかじゃない。お父さんが反革命だったことなんて一度もない!」と信哲が抗議するので、

「お前は我々が間違っていると言っているのか?」とまじまじと顔を見つめられた。

「お父さんが反革命だったことなんてたゞの一度も無い。結婚する時、誓ったんだ。そうお母さんが言ってた」と言うと、

「へえ」と高校生は冗談を聞いたように笑った。

「お母さんは、あんたらが何も判っていない、自分のやっていることの意味が判っていないって言ってた。しっかり判断できる人間にならなくって情けないって泣いていた。僕はお母さんの言っていることが正しいと思う」信哲は尚も力をこめて主張した。

「お前の母親は何者だ？」とその紅衛兵が聞くので、信哲が名前と彼女の勤めている高校の名前を告げると、「あゝあの教師がお前の母親で、あいつの女房なんだな」と父親を又指さした。

「そうだ。あの人が僕のお父さんで、僕のお母さんは高校の先生をしている」と信哲は胸を張って答えた。

「やっぱり反革命は家中に伝染するのだな。ひどい話しだ」と紅衛兵は考えこみながら言った。「お前の母親も出てもらわないといけないな」その言葉は信哲を戦慄させた。自分の言ったことで母にまで災いが及ぶかもしれない。その危険を突然感知し、背中に悪寒が走った。悪い相手に馬鹿なことを言ってしまった。父に続いて母まで検束されてしまったら、どうやって生きていけばいゝのか。自分はなんて馬鹿なんだろう。

でも、家族の中からまさか二人まで検束するなんてあり得ないのではないだろうか。この紅衛兵の冗談にすぎないのではないのか。そう思いたかった。

しかしそのまさかは起きた。父の時同様に紅衛兵の腕章を巻いた若者たちが家に押し寄せてきた。前回よりずっと数が多く、銅鑼《どら》や太鼓、ラッパの演奏つきの大集団が家の前を埋め、母の名前を呼んだ。仕方無く戸口に出た母親は瞬時に両腕を拘束され、『打倒《ダーダオ》 汪凡霞』と×のついた彼女の名前が大書されている大きな三角帽がかぶせられる。それに抵抗し、彼らがそんなことをする理由を述べよと猛烈に抗議する母に、紅衛兵は「強詞奪理《チャンスウトウリィ》（問答無用）」と取り合おうともせず、さらに『牛鬼蛇神《ニュウクエイシーエン》（妖怪変化）』『反革命修正主義分子』と書いてある看板を彼女の首にぶら下げた。紅衛兵たちは長いシュプレヒコールをくりかえした後に、毛沢東の肖像写真を先頭に、赤旗をなびかせ口々に悪罵を叫びながら銅鑼を鳴らしラッパを吹いて行進を始めた。

そうやって街中を引き回し、物見高い民衆の好奇心をかき集めて、糾弾集会の会場に予定されている広場に到着した。こゝは昔、日本軍や国民党軍が公開処刑場として使った場所だった。

夏の暑さにもかゝわらず集まってきた群衆の前に、この日検束された数人の「反革命分子」が両腕を後ろに伸ばした座飛機《ツオフェイジー》（ジェット式）という姿勢で立たされた。一人一人、罪状が指摘されたが、母に対するそれは、夫と結託してソ連の手先としてフルシチョフ修正主義を持ちこもうとしたというものだった。それを認めろと何度も迫ったが彼女は口を固く閉じ一言も発しない。その態度に怒りが沸き起こる紅衛兵の群れの中から、拘禁所の前

で信哲と話した高校生が出てきて、

「お前はこの偉大な文化大革命に対してどういう思想を持っているのか」と母に聞いた。彼女が黙秘を続けるのを見て、「お前は、紅衛兵たちは何も判っていない、自分のやっていることを判っていないと我々を馬鹿にした考えを持っているのではないのか」とさらに詰問を続けた。これを聞いた瞬間、それまでも夏の白昼下、悪い夢にうなされ息が詰まっているような感覚でいた信哲は、もう立っていられないほどに頭がくらくらしてきた。

高校生の紅衛兵は「お前の息子が証言している。それでお前の反革命の正体がはっきりしたのだ。こゝでお前の息子にもう一度その証言をしてもらおう」と言って信哲を指さした。全員の眼が自分に集中するのを感じ、信哲はなかば意識が遠のきながらも彼に残された最後の行動をとった。それは大泣き。手のつけられないほどの大泣き。八歳の子供に残された最後の手段だった。しかし彼よりもいくらか年を重ねた紅衛兵たちは、そんなことでは許さない。

「愚か者め、泣いて文化大革命ができるか！　お前が反革命でないのなら、しっかり証言しろ！」と真ん中へ信哲を引きずってきた。

「やめて！　そんな小さい子に何をするの！　あなた方は自分のやっていることが判っていないじゃないの。今あなた方がやっていることが偉大な文化大革命なの？　恥を知りなさい！」母親の大きな声が会場に響いた。信哲にはその言葉は自分の心臓を撃ち抜く銃撃のように感じられた。それほど致命的な響きを持っていた。絶対にこのまゝではすまされぬ。決定的に絶望へと落ちこんでいく。そのきっかけとなり得るものだった。

「死不認罪《シオプウニンツェ》（非を認めず否認に徹する）！　全く悔い改めない走資派《ゾーズーパイ》だ！」紅衛兵たちの怒りは沸騰状態に達した。懲《こ》らしめろ！　懲らしめろ！　我々の力を見せつけろ！　そういう叫びに押されて、ハサミを掲げた男が現れ、嬉しそうにチョキチョキやってから母の髪を頭の片側だけ坊主にした。文革でよく使われる陰陽頭《オンヤウー》という辱めだ。それでも未だ背筋を伸ばして毅然としている母の姿にいらだち、今度はバケツいっぱいのコールタールを頭から注いだのだった。眼も鼻も口も無いつるつるの異様な黒い塊となった。息ができないのでさすがに鼻と口だけはタールが取り除かれたが、そのまゝの姿でじっとさせられている。

「同志諸君、見るがいゝ！　反革命修正主義分子・汪月霞《ワンユエーシャ》は決して赤色ではない。今こゝにその姿をさらしているようにこれ以上ない真っ黒な黒色分子なのだ！　我々はこうした黒色分子や反革命分子を断固として粉砕し、真の赤色革命を進めなければならない！打倒修正主義！　打倒黒色分子！　毛沢東思想万歳！」母親たちを生け贄《にえ》として紅衛兵の熱狂は盛り上がっていった。

信哲は母親が何度も意識を失い崩れ落ちていく様を見た。その度に両腕を摑んだ紅衛兵に引き上げられ、立ち直させられていた。真っ黒な母親から、もう声は発せられなかった。得体の知れないボロボロの人形のようだった。
　糾弾集会が終わると母親はそのまゝ夏の午後の広場に捨て置かれた。恐る恐る信哲が近づいてみると、母親に意識は無かった。「ひどいわねえ」と近所の人たちも次第に寄ってきて助けてくれた。ガソリンを使ってタールを流し落とした。力を完全に失ってぐったり横たわる母親の身体は発熱で、焼けたヤカンのように熱くなっていた。自宅に運びこまれ寝かされたが、黒いタールとガソリンの臭いの残る母親に意識が戻ることはなく、身体の熱がすっかり出つくしてしまったように今度は急速に冷えこんでいった。それが彼女の死だった。

　一人残された信哲は物乞いをしたり、紅衛兵の後について回って、差し入れの食べ物にありついたりして食をつないだ。しばらくそうやって生きていたが、そのうち父親が死んだという話しが伝わってきた。拘禁所で亡くなったということだが、死体が帰ってくることはなく、葬式らしきことも何も無かった。だから信哲はその話しに半信半疑だった。しかし北京から伯父さんがやって来て、父の死をあらためて告げた。「二人とも虐殺されたようなもんだ」と伯父はぽつりと言った。その後、信哲は伯父の家に引き取られ、大学まで進学した。大学に入る前年には毛沢東が死去し、文化大革命は完全に終焉した。

8　愛しているかいないか愛していれば判る

後海南沿。黒い水面に鮮やかなイルミネーションの色とりどりが反映している。赤、青、緑、黄色、それらが水を含んで光を放つ。湖畔の通りで蹴上げられている蹴羽根《ジェンズ》がぴかぴか光を放ちながら宙を舞う。竹とんぼのような玩具も七色の光を発している。夜の通りではそういう遊びの光が随所にきらめく。通りに立ち並ぶ飲食店のどの店からもライブでやっている若い歌手たちの歌声が流れてきている。日本で言えばフォークとか演歌とかに分類されるような曲だが、どの歌もサンザシのような甘く切ない響きを持っている。歌手たちのパフォーマンスは店の外からも眺めることができる。どの店も彼らに鮮やかにスポットを当て、誘蛾灯のように客を誘いこもうと工夫しているからだ。そしてその誘いに乗って、夜が時をきざむにつれて店の中は、愛を求める男女たちでいっぱいになっていく。

ステージを照らす紫の照明があるものゝ店の中は全体的に暗い。テーブルの上に置かれた小さなキャンドルの揺れる灯りが、座っている二人の姿を照らし出す。長澤辰郎はバーバリーのスーツ、梨華はチカのロングテールドレスを身につけている。ライトブルーの薄い生地を通して白檀《びゃくだん》に似た香りが漂う。梨華のアレンジした香りはお香のようできわめて東洋的だった。

少し前までこの香りを放つ肉体をホテルの小部屋で抱いていた。梨華の身体は申し分なく均整がとれ、何一つ弱点がなかった。成長した野生の鹿のように堂々とその姿を示し、ひるむ様子は少しもなかった。長澤の要求には上手に応じ、それを終えるたびに優しい笑顔を彼に向けた。手をつなぎ舌をからめ、あらゆるところで二人はつながり合った。白檀に似た香りは彼女を菩薩と思わすイルージョンに効果を発揮した。彼女の姿態、微笑みはまさに菩薩だった。長澤のすべてを包み、受け入れてくれる慈愛の権化のようだった。その余韻が未だ残っている。こうしてドレスを身にまとって隣りに座っていてさえも、長澤には美しい裸体の梨華が見えてきてしまうのだった。

長澤にとって梨華は菩薩であると同時にまぎれもなく大陸の女に他ならなかった。茫洋としたひろがりを持ちながら、時として直線的な激しさを感じさせる。とらえどころがないようでいて、メリハリのきいた手ごたえがかえってくる。彼がこれまで接してきた、そう多くは無い、日本の女性たちと比べてまるで違った感触を感じさせた。外務省の大先輩を父に持つ妻に感じるような堅苦しさや息苦しさとは全く無縁だった。学歴も収入も出世も関係しない男女関係。大陸的と感じる長澤の感触にはそういう新鮮さも含まれていた。

伊江和夫が明らかにした梨華の経歴についても長澤には興味のあるところだった。内モンゴル自治区から民工として都会に出てきた打工妹《ダーコンメイ》だったこと。それが数年間のうちにこうして夜の女としてすっかり変身してしまったこと。しかもその変身ぶりが堂にいっていて、いさゝかの瑕疵《かし》も感じさせないこと。外国人であるからそう見えてしまうというきらいもあるのだろうが、梨華の落ち度の無い接客ぶりには驚かされた。十代の彼女と二十代の彼女の生活における眼を疑うような圧倒的な相違。その変遷をどうやって成し遂げてきたのか、乗り切ってきたのか。現代の中国を見る眼にも共通する驚嘆の思いが彼の心の内奥にあった。

紫色の照明をあびるステージには、ピアノをひきながら歌っている少女がいる。その歌声は闇に舞い降りた天使というような照明効果の中で、いかにも優しく柔らかゝった。

我冷漠是不想被看出《ウォレンモシブシャンベイカンチュ》　太容易被感動触及《タイロンイベイガンドンチュンチィ》
我比較喜歡現在的自己《ウォビジャンシファンシンザイズィジー》　不太想回到過去《ブタイシャンフエダオクオチュー》

……

（私のよそよそしさは　感じやすい心を簡単に見破られたくないから
今の自分が好きだから　昔の私には戻りたくない）

長澤が聞き入っていると、

「『愛久《アイジュン》 見人心《ジェンレンシン》』ね、梁静茹《リャンチンリュウ》の」と梨華が教えてくれた。

「愛久《アイジュン》 見人心《ジェンレンシン》(愛していれば判る)?」と長澤はくりかえし、愛していればいったい何が判るのだろうか、と考える。するとその曲の最後に、

我愛不愛様日久見人心《ウォアイブアイニリジュジェンレンシン》　　我愛不愛様愛久見人心《ウォアイブアイニアイジュンジェンレンシン》
(私が愛しているかいないか時がたてば判る
私が愛しているかいないか愛していれば判る)

という言葉が出てきた。それで長澤は再び、

「我愛不愛様《ウォアイブアイニ》愛久《アイジュン》 見人心《ジェンレンシン》(私が愛しているかいないか愛していれば判る)」とくりかえし、考えこんだ。

「色々思いをめぐらせずに、この一瞬を一緒にいられるよう全力をつくしましょうっていう歌だと思うわ」と梨華が言うと、

「そうなんだろうけれど、この言葉には何かひっかゝるところがある」と長澤はつぶやく。

「愛しているかいないか、というところ？」

「そうかもしれない」

「それも愛していれば判るって言っているのよね」

「そうなんだけど……」

「オプティミスチックな歌なんだわ」

「うん。でも、愛っていったい何だろうって思ってしまう。やっぱり心の問題だとは思うのだけれど、それが行動とどう結びついているのだろうか。純情とか節操とかにはどう関係してくるのだろう」

「あなた、色々考えこんでしまうタイプね。そんな風に考えこまずに愛に没頭しましょうって、この歌は言っているのに」

「そうだけどね」

「色々考えこまないで愛に没頭するのにピッタリな曲、私知っている。それを聞くときっとあなたは驚くと思うわ」

「……」

「李娜《リーナー》の『南無阿弥陀仏《ナモアミトゥオフォ》』」

「南無阿弥陀仏《ナモアミトウオフォ》？」

「えゝ、あなたも気にいると思うわ」

「なんだか愛の意味が変わってきているような気がするけれど……」

「そう。一番清らかな愛ね」

「ちょっと清らか過ぎるかもしれない。梨華との愛の方がいゝ」

「やっぱりそう？」

「そりゃそうだよ。南無阿弥陀仏《ナモアミトウオフォ》じゃ、ちょっと違う」

「そうね」と梨華は笑った。

「もっと君のことを知りたい」

「いいわ」

「ご両親は健在？」

「多分元気なんでしょうけれど、自分たちが生きていくことで精一杯みたい。お互い余り連絡していないの。大連《ダーリエン》にいるのは知っているけれど」

「他に家族は？」

「高校生の弟がいる。寄宿舎に入って猛勉強しているわ。大学に行きたいんですって」

「みんなバラバラ？」

「そう言われゝばそうよね。祖父母のいる近くに家があったんだけど、今はもう住めないわ。でも、みんなそれぞれがんばっていると思うわ」

「ふうん。じゃ、別の質問。君の趣味はなあに？」

「音楽を聴くことかなあ」

「好きな歌手は李娜《リーナー》」

「え？　あゝ『南無阿弥陀仏《ナモアミトウオフォ》』を教えたから？　でも私レディ・ガガなんかも好きよ。『ボーン・ディス・ウェイ』なんてすごいと思わない？」

「多分」

「私あの曲大好きよ。英語で歌うことだってできるわ」

「すごいね」と長澤が言うと、ステージの歌も一段落していることもあって、梨華はさゝやくような小さな声でレディ・ガガの歌を口ずさみ始めた。

I'm beautiful in my way　　Cause God makes no mistakes
I'm on the right track, baby　　I was born this way
Don't hide yourself in regret　　Just love yourself and you're set
I'm on the right track, baby　　I was born this way

（私は私らしく美しい　だって神様が間違うはずないもの
私は正しい道を進んでいるわ、ベイビー
私はこういう風に生まれたの
後悔で自分を隠してしまわないで
たゞ自分を愛せればそれがスタート
私は正しい道を進んでいるわ、ベイビー
私はこういう風に生まれたの）

歌い終わると彼女は、どう？　という風に微笑んでみせた。

「人生ってこれからどうなるか全然判らないもの。いなかで育ってきた時、今のこんな自分なんて考えもつかなかった。まるで違う価値観を持っていた。今の自分はいったいなんだろうって考えてしまうこともあるわ。間違ったことしているんじゃないかって思うこともあるわ。でも都会には都会の、いなかにはいなかの生き方があるって考えることにしたの。私はきっと正しい道を歩いているんだ。こうなる運命に生まれてきたんだって考えるの」

「それが君の生き方になったんだね」

「私には私なりの美しさがある。だって神様は間違わないから。こう考えるのよね」と、はにかんだ笑顔を見せる彼女にはその歌のように彼女独特の美しさがあった。メーキャップごしに荒れた素肌も垣間見させる。しかしそれを気にしない明るさと元気が身についていた。キャンドルライトの淫靡な光に照らされながら彼女の身体からは生命が営むエネルギー代謝が見てとれるようだった。

「そうだ。君、何かスポーツやっていた?」と長澤は聞いた。

「運動は、するの好きだと思うわ。今は何もしていないけれど」

「以前は何かやっていたの?」

「バドミントンをしていたわ」

「そうか、あれは激しいスポーツだよね」

「いくつも大会に出たのよ」

「そうなんだ。きっと中国では盛んなんだろうなあ。けっこう強かったよね、中国」

「ひょっとしてトップじゃないかしら」と梨華が真顔で答えた時、その後方で彼らを見つめている複数の視線を長澤はとらえた。

険《けん》を含んだ三人の視線。どれも長澤より少し若いが、世間離れしている長澤の貴族的な顔にくらべ色々な問題がつみ重なったような陰険な顔つきをしている。なぜそのような表情が長澤たちに向けられてきているのかは判らない。しかしその三人は明らかに腹を立てゝいて、怒りをこめてこちらに視線をすえている。長澤が見返すと、その数倍の眼力で睨《にら》み返してくる。戦意を含んだ挑発的な笑みさえ浮かべている。何が理由なのかは判らないが、本格的な眼《がん》飛ばしが始まっている。

「馬鹿野郎！」という言葉が発せられた。中国のテレビで毎日毎夜くりかえして流される日本軍人の言葉だ。どこから見ても悪そのものゝ日本人が、奴隷さながらの部下や健やかに生きている中国人に向かってこの言葉を連発する。中国人なら誰もが知っている日本語。それを長澤に向かって投げつけ哄笑する。長澤は彼らが何を言ったのか判らないフリをして無視する。

「小日本《シャオリーベン》！」

「日本鬼子《リーベンクイズ》！」という言葉がバーバリーを着こんだ、戦争とは全く無縁な『新人類世代』の日本人に投げつけられる。

「あんた方、何しているの！　やめなさいよ！」とたまらず梨華が怒った。

「やめないよ」

「お前こそ何してる」という言葉が返ってくる。

「打倒小日本《ダーダオシャオリーベン》！」別の男がまたスローガンを叫んだ。

「この人、大使館に勤めている外交官なのよ。あなた方、何ふざけているのよ。大変なことになるわよ！」と梨華が言うと、

「外交官？　おい、外交官が女買っているのか？　包二奶《パオアールナイ》（愛人を持っている）か？　こりゃ大変だ！」と騒ぎがよけいひどくなった。

　梨華が長澤の方を向いて、

「私、この人たちを絶対に黙らせるから、ちょっとだけ待っていてくれる？」と聞いた。

「僕一人、こゝで？」と長澤が情けない表情になったが、

「ごめんなさい。ちょっとだけ待っててゝ」と言い置いて梨華はそゝくさと表へ出て行った。

「おい、彼女逃げちゃったぞ。恋人置いて行っちゃったぞ。小日本、お前どうするんだ？」と男たちは喜んだ。

「ちょっと用事ができたゞけだ。すぐに帰ってくる」と長澤は言って黙りこんだ。そしてしばらく気まずい時間が続いた。ひょっとして彼女は戻ってこないかもしれない。そうなったらスゴスゴ帰ろうと考える。男たちはご機嫌でふざけ続けている。そこへ、「お待たせ」と梨華が戻ってきた。男たちのテーブルの前には彼女が連れてきた多角形の顔立ちをした大きな男が立っている。肩の筋肉がプロレスラーのように張っていて、警察

官にも似た黒い厚手のシャツに黒いズボンを身につけている。

「お前ら、うちの娘にちょっかいかけてるんだってな」と凄みのある低い声を出した。

「なんだ、お前は？」

「炎勝幇《イエンスンバン》だ」

「何だ、それ？」

「知らないのか。だったら、覚えておけ。炎勝幇の前では誰もがかしこまるってな」

「おもしれえ！」と男たちのリーダー格が怒鳴ると、黒シャツの男はいきなり彼の胸ぐらをつかみ身体ごと席から引き上げ、もう一つの腕で小さいが勢いのあるパンチをボディに入れた。打たれた男は腹をかゝえこんでうずくまる。

「炎勝幇を学習したら、さっさと勘定すまして立ち去れ」と黒シャツが言う。

「相手が悪い。帰ろう」とリーダー格が言い、男たちは肩を揺すりながら店を出て行った。

それを見届けてから、黒シャツの男も、梨華に言葉をかけることもなく、何事もなかったかのように店を出た。

「ほらね、連中を黙らせたでしょう」と梨華が笑った。

9　ＣＩＡのケースオフィサー

黒社会《ヘイシャーフィ》、具体的には黒道《ヘイタウ》（マフィア）の幇会《パンフェ》（秘密組織）への浸透はＣＩＡ（アメリカ中央情報局）にとって重要な任務の一つだった。占領後の日本でもヤクザ組織は彼らの手足として大いに活用されたが、同じように中国の黒社会は様々な謀略活動・秘密工作を進める上で便利な存在としてあった。

中国では省や地域の違いによって、使っている言葉から生活スタイル、考え方まで違ってくることがあるが、黒道も同様だった。客家《ハッカ》から華僑へとつながる滔々《とうとう》たる流れ者の歴史を持つ福建省マフィア、温州商人の伝統も混入したあらゆる投機に介入する上海マフィア、外国占領時からの悪い利権を自家薬籠中にする香港マフィア等々、全国各所で展開している中国マフィアは、どれもが独自の出自を持ち、台頭してきた地域の特殊性とその歴史に色濃く染めぬかれて、それぞれ全く違った様相を呈している。その土地に根ざした血のつながりや共産党との隠微な関係等難しい問題もあったが、ＣＩＡの工作が浸透するのに有利な点もあった。それはどの黒道もおしなべて金に弱いところだった。だから財力にかけてはほゞフリーハンドで議会を通過する秘密資金を持つＣＩＡ局員が困るようなことは無かったのだった。

国務省の商務官という肩書きで大使館に配属されていたビル・ダグラスはＣＩＡのケースオフィサーだった。大使館内にＣＩＡ局員は多数配属されていたが、諜報と秘密工作の活動を実際に担当するケースオフィサーの数はそう多くなかった。この役をになうためにはアメリカ本土のキャンプでの過酷な軍事訓練と演習が必要とされた。それに耐えぬき通過した者だけが本当の『スパイ』になれるのだった。

ビルが入局した一九九五年当時、エームズ事件でソ連工作が壊滅したことから始まったごたごたで、ＣＩＡは最低の状態におちいっていた。大統領も議会も彼らに背を向け、耳を傾けようとはしていなかった。しかしそんなことは程度の差こそあれＣＩＡ誕生時から続いていた状態であるともいえ、大統領や議会とは無関係に彼らの活動は続いていたのだった。ビルにしても若干の悪評判が世間をわたっていたとはいえ、小さい時からずっとあこがれ続けた秘密諜報部員は、変わらぬ志望職だった。

彼の心をそうさせた大きな要因としてジェームズ・ボンドがいたことは否めない。もちろんそれは創作された人物ではあったが、小説や映画を通じて彼の心を圧倒的に支配した。酒の飲み方から料理の選び方、女との交渉の仕方……すべてがとても格好良かった。たとえそれが荒唐無稽な冒険小説であろうと、現実のものとして受け入れる用意が彼にできていた。その素養がまっすぐ彼を諜報機関へと誘った。実際ＣＩＡに入ってからは、英国紳士を気どるボンドを冷笑するにいたるまでにアメリカＧＩのガッツが叩きこまれはした。しかし男にとってシャツこそ一番気にしなければならない装備だというのが持論にさえなっていたビルには、決まって英国王室御用達の『ターンブル＆アッサー』社のシャツを使うという細かいこだわりを持っていて、これもこびりついてはなれないボンドの影響の濃さを示していた。

ケースオフィサーになるための訓練では映画顔負けの激しいものもあった。色々な種類の銃や爆薬での射撃訓練や爆破訓練はもとより、自動車を高速のバックで運転したり、前方に並べられた障害物に体当たりしたり飛び越えたりして突破する技術の習得もあった。尾行から逃れる様々な情況での訓練や、別の人間になり切ったり書類を偽造したりする演習もした。その訓練と演習の要諦は、自分がスパイであることを絶対に知られないということにあった。それほど彼の仕事では身分の秘匿は絶対なのだった。

だからインテリジェンスを受け持っている一人と目されている日本大使館の長澤辰郎が新聞記者に、

「こちらＣＩＡのミスター・ビル・ダグラス」と紹介した時、口から胃袋が飛び出そうなほどに驚いたものだった。半分、冗談のつもりなのだろうが、決して冗談にはなっていない。胸にナイフを突きつけてする脅迫にも似た攻撃のようだった。しかしあくまでも少しブラックなジョークとして、そんな言葉を吐いている長澤になかば呆れながら、この男の観察を続けた。

実はビルにとって長澤辰郎は日本のインテリジェンス活動の情報を提供させようとするターゲットの一人なのだった。もっとも、実際のところ、日本のインテリジェンスはアメリカに筒抜けで、内閣情報調査室にせよ外務省にせよ防衛省にせよアメリカとつながっていない所は一つもなかった。最近日本で鳴り物入りで制定された『秘密保護法』にしても、アメリカにとって日本には少しも秘密など無かった。たゞアメリカの秘密が日本で漏れないようにするためのものと理解されていた。そんな国家組織であってもCIAはさらにその触手を伸ばさないわけもなく、工作に役立つような人間を常に物色していたのだった。

調べていくうちに、この一等書記官の異色ぶりが次第に明らかになってきていた。外務省は他の日本の政府機関と同様、というかずっとそれ以上に、アメリカとの連携が密接だったが、こと中国関係については俗に『チャイナスクール』と呼ばれる親中派がいて、それなりの力を持っていた。長澤はその流れをくむ人間のようであった。長澤が妻として迎えた女の父親は外務省の高官で、『チャイナスクール』であるとされる人物だった。現在は日本政府のはっきりした姿勢によって、彼ら親中派の力は大いに削がれてきてはいる。

しかし長澤のように最前線にいる者であってもその影響を受けている始末で、アメリカにとっては侮れない存在なのだった。

アメリカの政府は、ブッシュ・ジュニアによって戦略的大破綻をきたして以来、勃興いちじるしい中国とは共存共栄する道を選択したが、ＣＩＡの多くの局員の眼から見れば、中国と日本の関係は、悪ければ悪いほど都合が良いと映るのだった。資本にとって垂涎の的である中国市場へ日本の進出がにぶればにぶるほどアメリカには有利だったし、緊張が高まればそれだけアメリカ軍への依存度が高まりアメリカの巨大軍事産業も潤うことになる。仲の悪い日本と中国とがそれぞれにアメリカの力を頼るようになれば、それだけアメリカの発言権が増し国益を得るのは明らかだった。もし戦争になったとしてもそれは戦争慣れしている産軍複合体がさらに利益を得るだけのことだ。ＣＩＡをはじめとしてアメリカ政府は、自分たちを外した日中接近を以前からずっと警戒してきていた。日中が犬猿の仲になり、しかもどちらもがアメリカに依存するという状態こそが彼らの考える国益に即したものだった。

「どうしたものだろう」とビル・ダグラスはつぶやく。長澤から提供が期待される情報なぞ彼にとっては無に等しいものだと考えられた。『チャイナスクール』であれば、アメリカを利するような工作に彼を使えそうにもない。しかしなんとかうまく使えないものか。透き通るような青い眼を、ワニさながらに頑丈に張った顎の上で瞬《まばた》かせながらビルは考えた。

長澤はビルが紹介した梨華と関係を持ってしまった。温かく見守る気持ちなぞ毛頭無いが、それはそれで不愉快な事態ではない。むしろ良い方向に展開していると言えた。ターゲットの弱みを握ることは諜報活動の王道である。まがりなりにも諜報活動にかゝわっているはずの長澤に、そういう警戒心は無いのだろうか。日本政府や外務省に警戒心が無いとは言えない。アメリカ以上に厳重にその種の注意や警告をしている事実をビルも知っていた。しかしあらゆる官僚機構がそうであるように、それは通り一遍の建て前に終始してしまっているのではないか。長澤の無警戒なふるまいはＣＩＡの訓練を受けたビルにはとうてい考えられない落第ぶりだった。タガの外れた外交官の行動は命とりになる。

ビルは長澤の行く末を案じながら、梨華を斡旋した炎《イエン》勝《スン》幇《バン》について考える。昨夜もその最高幹部の一人、劉《リュウ》貴《クエイ》宝《バオ》と飲んだ。

「何か儲け話しは無いか？」と劉は単刀直入に聞いてきた。ホームベース型の顔に線のような眼、半月形に開いた口で笑顔を作っている。これこれこういうやり方で人を殺して欲しいと依頼しようとも、そうか判ったとそれを受けるだろう。彼らはどんな法律とも無縁だった。たゞ中国共産党という巨大な幇だけが、ちょいと苦手なだけだった。しかしそこともなんとかうまい関係を保っている。麻薬や売春、賭博、人身売買、誘拐、密航、武器密売、列車強盗等、なんでもやるのがマフィアだった。炎勝幇のやってきた悪事についてビルは情報を豊富に持っている。しかしそれらを既知のものとし、彼がアメリカの諜報機関の人間であることをあからさまに示すやり方は得策ではなかった。あたかも親戚縁者であるかのごとくに親密な仲になるのが一番だった。そのために炎勝幇の利益につながることを少しずつ積み上げてきていた。お互い兄弟《ジェーメー》と呼び合うようになってくればもうしめたもので、ビル・ダグラスと劉貴宝はすでにそういう関係になっていた。

「儲け話しはあるがね」とCIAの諜報部員は軽く言い、炎勝幇のギャングどもを見わたした。劉は決して一人では行動せず、必ず何人かの取り巻きがいた。ビルが中国へ赴任させられる前にさんざん関係を持ってきたアラブのゲリラたちの顔とはかなり違った顔が並んでいる。誰もが四角く平べったい顔をしていて例外なしに黒々とした毛髪を撫でつけていた。中国人の平均よりガタイは大きく腹もやゝ出っぱり気味。その下にはいたズボンで大事な男根をさり気なく包んでいるという印象があった。ゲリラたちとは違ったメンタリティーの獰猛《どうもう》さがたゞよっている。

「今日はとにかく飲もう」とビルは持ちこんできたアブサンの瓶を高くかざした。二十世紀になる前にヨーロッパを中心に大流行した緑色の酒で、二十世紀にはなぜか製造禁止状態となり、今世紀になってから復活していた。テーブルの上にあった白酒《パイジョ》をもう片方の手で持ち上げ、「ニガヨモギとコーリャンの飲み比べだ！　どちらが身体に良いか試してみよう」と皆に言った。ビルは酒には自信があった。

　どちらも強烈な酒だった。しかし今はもう身体にアルコールは残っていはしない。頭をすっきりさせるために、いつも通り朝のコーヒーをすゝってはいるが、体調は万全だ。

　昨夜は黒道《ヘイタウ》と飲んでいたが、今夜はそれとは逆に紅道《ホンタウ》（共産党）と飲むことになるはずだった。それも紅道の中でもことさら声高に打黒除悪《ターヘイツーオツ》（黒道を倒して犯罪を無くす）を叫んでいる一派。その頭目である江思湘政治局員の妻、葉盛希《イエシェンシ》との逢瀬《おうせ》が予定されていた。

　彼女とは長いつきあいがあった。二人が知り合ったそもそもは彼らがハーヴァードの学生だった時からだった。

「あなた、ジェームズ・ボンドになるつもりなの？」葉盛希がビルに向かって言った言葉だった。未だ少年らしさを残し、ひかえめなビルに対し、彼女はアメリカの若い女性も顔負けに羽根を伸ばし、ひたすら活動的だった。大きな瞳をキラキラ輝かせ、何にでも積極的に参加し、ずけずけと言いたいことを言った。中国では天安門事件が起こり、アメリカは湾岸戦争を起こし、ソ連邦が崩壊するという時期の大学生活だった。それらの事件に二人は二人ともそれぞれに大変な興味を持っていはした。しかし実際の生活は、素敵なファッション、おいしい飲食、楽しい遊びを追いかけることでいっぱいだった。

葉盛希の父親は文革で投獄された共産党の最高幹部の一人で、一九七八年に名誉回復され復権した人物。天安門事件にまで発展することになる民主化運動が中国の学生の間で起き始めた頃、娘の盛希をさっさとハーヴァード大学に留学させた。それは民主化運動にはかゝわるなというメッセージであり、娘は父の意向を拒むことなくそのまゝ受けとめていた。

快活に笑い、てきぱき行動する態度とは裏腹に、彼女の思想はずいぶんと融通無碍なところがあった。天安門事件に対しては学生にシンパシーを寄せたり党中央の判断を支持したり、湾岸戦争にしても多国籍軍を支持したりイラクに同情したり、結局どちらの側にも共感を示す有り様だった。学生時代に知った盛希のそういうところがビルに彼女をターゲットとして選択する根拠となった。しかし学生時代には夢にも現在のこの関係を想像し得るはずもなかった。

葉盛希が頭角を現したのは、何と言っても江思湘の妻となってからのことである。江思湘の父も文革で迫害を受けた革命英雄だった。文革当時、紅衛兵として父親を糾弾し、一切の関係を絶つと宣言していた息子の江思湘だったが、父親復権後はその父親をよりどころとした太子党として将来を嘱望されるような存在になっていた。押し出しも良く弁舌さわやかな思湘は、どこへ行っても注目の的となり人気もあった。葉盛希が彼と出会った時、江思湘はすでに結婚していて理想的な夫婦として世に知られてはいたのだが、二十歳年下の葉盛希は自分の欲しいものに向かってひるみはしなかった。江思湘の嗜好に合った手練手管を弄《ろう》して彼の心をつかみ、結局、前の妻とは離婚させ自分が正妻となった。

その頃の事情をビルは詳しくは知っていない。葉盛希が話さなかったわけではないし、調べようと思えば判ってくる話しではあった。しかしビルにとってそれは大したことはないゴシップに過ぎなかった。しょせん男女の関係なんぞは謀略の上に成り立っているもの丶ように感じられていたからだった。

ビルがＣＩＡ局員として中国に配属された時には、江思湘は天津の党委員会書記で力のある政治局員として活躍しており、葉盛希は天津興隆公司の社長として辣腕《らつわん》をふるっていた。二人はとかく話題にはこと欠かない存在として中国内でも目立っていた。葉盛希のとんとん拍子の出世と蓄財の急成長ぶりは誰の眼にも判るところだったし、江思湘の知る人ぞ知るの女狂いぶりは常軌を逸していた。眼にとまった有名人には必ず声をかけ、愛人の数は数百人ともいわれていた。葉盛希と同様に正妻の地位に昇ってくる者がいなかったのは、葉盛希の手にかゝって消されたとさゝやかれていた。

「抹消していくしかないわね」という言葉をビルは彼女の口から何度も聞いたことがあった。実際、江思湘の愛人で表面化してきた女たちはことごとく消えていった。どうなったのか誰にも判らない。江思湘その人もそれで別に騒いだ様子もなかった。

久しぶりに再会した葉盛希はアメリカに留学していた頃とはずいぶん変わって見えた。病院でいじったのかもしれなかったが、鼻筋が異様に立派に通っていた。眉間からまっすぐ延びた鼻梁は三角形の斜辺のようで、両側に開いた大きな眼と組み合わさるとエジプトの遺跡で発見される大昔の人々の顔に似ていた。まるで大学時代の彼女がサナギになって全身に固い殻をかぶってしまった感じだった。

ビルにしても数年間のＣＩＡケースオフィサーのキャリアを積んで、与える印象はかなり変化していたはずだった。しかし葉盛希は当時と同様に「面白い人とまた出会えたわ」と満面の笑みで彼を迎え入れたのだった。ビルには彼女をターゲットにしようという目論見があった。高級党官僚の妻がＣＩＡと内通する。これは最大限に危険な行為ではあったが、成功すれば大きな可能性が開けるプロジェクトだった。試みた結果、彼女はゴルフでもするようになかば楽しみながら平然とそれをやってのけたのだった。

彼女の息子が中学を卒業すると、息子をアメリカのハイスクールに留学できないかと相談を持ちかけられた。渡りに舟とビルはフロリダにある高校への留学を斡旋し、近くのリゾート地に彼女も滞在できる豪華な別荘を借りた。ビル自身もしばしばそこに顔を出し、関係を持った。海からの心地よい風が吹く高床式の別荘での葉盛希は、サナギの殻をすっかり外して、温かい血の通う柔らかな肉体を持った女になっていた。

「あなたが色々してくれたことは秘密よね」と彼女は確認してきたが、当然ながら絶対に秘密だった。中国共産党にも江思湘にも知られてはならない二人だけの関係だった。

「江思湘は大政治家よ」というのが葉盛希の一貫した夫への評価だった。中国共産党のトップにまで登りつめる力を持った人物ということだった。それ故にライバルや政敵が大勢いて、それと同じくらい味方となり得る人脈の数も増やしていた。彼は現在しきりに打黒除悪を唱えているが、ビルの調べでは彼自身が黒道の一派と強い気脈を通じていた。天津市のマフィア掃討運動は一面ではマフィアの勢力争いという色合いを帯びていた。江思湘には良い黒道と悪い黒道がはっきり区別されていて、良い黒道については最早黒道とは呼べないと考えているかのようだった。そんなことでなぜあれほど民衆の支持を得られるのか疑問に思っているビルに、「だから江思湘は大政治家なのよ。政治家の真骨頂は民衆の心をつかむことにあるっていう信念を持っているの。そのためには何でも言うわ。民衆には打倒する対象を与えることが一番大事なのよね」と盛希は主張する。「実際、黒道も紅道も大した違いはないもの。紅道は大成功した黒道っていう感じかしら」

　江思湘と葉盛希が一番おそれていたのは矢張り党内部の勢力争いだった。父親の浮沈が直接彼ら自身の人生にあまりにも大きく関係してきていた二人だったゞけに、党内での位置は何よりも重大な関心事だった。

「団派《トゥアンパイ》（共青団出身）も江沢民派《チァンツゥミン》も侮れないし、同じ太子党《タイズーダン》と言っても習近平《シージンピン》らはもっと剣呑だし、周りじゅう敵だらけなのよ」というのが葉盛希の情況把握だった。それでかどうかは不明だが、「みんなやっていることだわ」との彼女の要請に応じて、ビルは彼らの多額の資産を洗浄し、海外に移転する手伝いもした。アメリカに通っている息子にグリーンカードも与えていた。「全球化（グローバリゼーション）が進んで、外逃《ワイタオ》（海外逃避）も自然な流れになってきたのね」と彼女は言うが、党幹部としてそれが自然な行為であるとは到底思えない。しかしビルにしてみれば彼らの弱みをがっちりつかんでおくことは仕事を遂行する上でこの上ない保証となった。また、共産党絶対支配の全体主義国家のタガがゆるんでいくこと自体、好ましい事実に違いなかった。

　葉盛希との関係はビルにとって最上級の諜報関係だった。それは守り切らなければならない秘密の関係だった。その彼女と夜に会う予定だったこの日、突然彼女から電話がかゝってきた。

「私よ、ビル」と葉盛希は言った。「今夜あなたと会えなくなったわ。やぼ用ってことじゃないの。しばらく会えないわ」

「何があったの？」

「何があったのか私もよく判らないんだけれど、ちょっと大変そう。難しいことになりそうなの」

「難しいこと？」

「そう。だからしばらく会えないわ。ひょっとして、と、とても、た、たいへんなことになるかもしれない。私とのこと忘れてもらった方がいゝかも。そうね。それがいゝわ。私もあなたとの関係すっかり忘れるから」と、これまでビルが経験したことのないほどに彼女の声は動揺していた。

「何か事件が起きたんだね」

「そうだと思うわ。私とあなたとの関係は全部無かったことにして。とにかく消却しちゃって」

「判った。他にこっちでゝきることはあるかな」

「な、ないと思うわ。あなたも気をつけて」そう言って葉盛希はあわたゞしく電話を切った。

第四　白色の章

10　夫婦逮捕

五月もなかばになると北京のいたる所で柳絮《りゅうじょ》が降り落ちる。楊樹《ようじゅ》の種子についている白い綿毛が風に乗って街中を飛び回る。風が強く吹く時は、まるで空一面に粉雪が舞っているかのように見える。雪ではなく柳絮で白く点描された北京の風景。吹く風には砂漠から運ばれる黄砂も混じって少し息苦しい。伊江和夫は冬に使っていたマスクを取りだして顔にかけていた。彼は今バスの中から白色が舞い飛ぶ市内をぼんやりと眺めている。

手には昨日新華社によって発表された江思湘夫婦逮捕に関する記事が掲載されている新聞を持っていた。その発表は衝撃的だった。「鼠だけ打って虎は打たない」という批判の高まり以降、党の官僚が汚職や収賄、横領等で捕まるのは今や日常茶飯事になっていた。しかし江思湘のような党中央の政治局員までが検挙されるのはそれこそ異例中の異例だった。容疑はやはり汚職に収賄、それにスパイ容疑も合わさっていた。新華社発表の報告を受けた時、支局長の青沼はナスビのような顔を興奮させて、

「これは大事件だ。中共内部の権力争いが表面化した」と叫んだ。そして「江思湘は伊江クンが前から取材している人物なんだから、掘り下げた記事が書けるだろうね。頼んだよ」と有無を言わせぬ意気ごみで伊江に告げた。

江思湘にまつわる共産党の裏事情を知るには、汪信哲《ワンシンチョ》に話しを聞くしかないと伊江は確信していた。なんとかアポを取らなければならないな、とバスの外で降り続ける白い柳絮を眺めながら思う。

しかしそれまでの間、江思湘と連絡を持っていた電脳グループ『反日有理《ファンリーヨウリ》』のところでも行ってみるかと考えた。

中関村駅から北京大学方面へ歩いている間も柳絮は降り続いていた。トーチカのようにも見えるコンクリートのかたまりから地下通路に入る。さすがに柳絮の綿毛は入ってこないものゝ、よどんだ空気には臭いが付着しているようで息苦しい。こんな地下壕で核戦争にむかおうとしたなんて、まるで第二次世界大戦の日本軍のようではないかと考えるが、

しかし現在こゝで暮らしている人たちがいると思えば、舌打ちばかりうっているわけにはいかない。生活空間にもなっている地下通路を通り、この前訪れた精華大学生の溜り場にたどり着いた。以前同様、奥の机で周幹はパソコンに向かっていた。

「周幹《ツォーガン》さん、また来ましたよ」と声をかけると、

「あ、日本の新聞記者さん」と判った。

「これ、プレゼントです」と伊江はキング・エドワードを一包み差し出した。この前、吸殻でいっぱいになっているブリキ缶を見て、周幹がけっこうの愛煙家であることが判っていた。案の定、周幹は、

「これはどうも」と喜んで受け取り、「今日は何か?」と眼鏡の奥でリスのような瞳をくりくりと動かした。

「江思湘逮捕のニュースを知っていますか」と伊江が聞くと、

「まさかとは思いましたが、新華社発表ですから間違いは無いでしょう」と彼は唇を噛んだ。

「どう思います?」

「汚職で逮捕とのことですが、江思湘に限ってそんなことはないはずだと考えていました。われわれのそういう信頼が裏切られた形です。無官不貪《ウークァンプウタン》(汚職しない役人はいない)と言わ

れています。しかし中国はそんな官倒爺《クァンタウイエ》（不正を働く官僚）ばかりではないと信じています。この国には人民のために働く優秀な官僚や政治家がたくさんいるはずです。江思湘をその代表格と位置づけていましたが、それはわれわれの間違いでした。この間違いを訂正してくれたのはやはり共産党中央でした。今後は、江思湘のような汚れた悪人に惑わされることのないように気をつけなければなりません。そのためには党の旗のもとに一致結束し団結して進まなければなりません。われわれの電脳活動は今後もそのように進めていきます」

と模範解答のような言葉が並んだ。

「今後も『反日キャンペーン』は続けるということですか」

「そういう言われ方には少し抵抗がありますけれど、われわれの正直な気持ちは今後も変わらず発表し続けるということです。これは党とは関係ないことです」

「党とは関係ない？」

「そうです」

「それは党に逆らってもというのとは違いますよね」

「もちろん全然違います。われわれは党に逆らう気持ちなぞありません。むしろ党以上に党を応援しているつもりです」

「党以上に党を応援ですか？」とくりかえしながら伊江は周幹のくっきりとした目鼻立ち

を見つめた。彼を閉じこめている住まいと同様、生活苦は身体全体から表れている。しかし表情に迷いはない。不思議な確信だと思った。「そのあなたは今でも聯想に入りたいと考えているのですよね」

「そうですけど」

「入れそうですか？」

「それは全く判りません。でも一体それが何だと言うんですか？」

「党以上に党を応援しているあなたが、ＩＢＭを使って反日運動を進めていこうっていう姿に興味を抱くのです」

「どこかおかしいところがあるのでしょうか」

「いや、とてもお洒落だと感じますよ」

「そうですか。まあいゝでしょう。とにかく江思湘についてはわれわれは何の幻想も持っていません。彼はもう終わりです。はっきりそう判断していると理解してください」

「理解しました」と伊江は首肯した。

政治家の浮沈は概して激しい。しかし共産党指導者の降板ほど劇的なものはない。昨日の偉大な指導者が今日は不倶戴天の敵、決して味方してはならない犯罪者へと変化する。肩を持とうものなら自分自身が犯罪者の咎《とが》を受けることになる。その要領をつかんでいなければ、共産党支配下の社会では生きていけない。若い周幹にもその処世術は染みこんでいるのだろう。

日本でもそれと似たような情況がないとはいえない。だから伊江にしても理解できる話しではあった。しかし周幹の理解の速さはいさゝか漫画的にさえ感じられた。これほど素早くポジとネガを逆転させられる。いくら力をこめて真理を語っていようと、その真理が決して確かなものではないことを心の底ではつかんでいたのかもしれない。それなら最初からそれを真理として強弁すべきではないではないか。

だが自分を包む権力関係がそれを要求する時、人はそういう行為をとり続けてしまうのかもしれない。周幹にしても常にその権力関係を眺めながら行動しているのは明らかなのだった。

地下壕を出、白い北京市街に戻った。そこからバスに乗って近くの頤和園《イホーユエン》へ行った。こゝは故宮《グーゴン》と並んで他に追随を許さない壮麗な世界遺産だ。

伊江は蘇州街から入場して、運河の脇に並ぶ小吃店《シャオチーディエン》の前を通る。見知らぬ生物を発見した際、最初にする行為はまず食べてみることゝいう国民性を持つ中国には、日本人の知らない食物がさすがにたくさんある。B級グルメを好物とする伊江には嬉しいこと限りない。この日、昼食に選んだのは酸辣粉《ズワンラーフェン》だった。全身をしびれさすほどの辛さと旨さがあり酸っぱさも強烈。麺は米粉で作られていてコンニャクのような弾力がある。値段も安いので伊江は日頃からよくこれを食べた。急速に身体が温まり汗が噴き出てくる。この刺激がなんともたまらない。

食後、汗を拭きながら携帯で汪信哲にコールする。彼が出て今夜会う約束が取れた。時間があるので昆明湖を渡ることにした。まずボートに乗って長廊の端にある清晏舫《チンイエンファン》まで進む。これは大理石で出来た白色に輝く石舫《シーファン》で、絶対に沈まぬ政権を祈願しているとされている。西太后のなした頤和園再建には莫大な費用が費やされ、それが清朝を崩壊させる一因になったとさえいわれている。海に例えられる人民社会に浮かんでいる船、現在の共産党政権はどうだろう。決して沈まぬ石船のようでもある。しかしそれはたゞ白く輝くばかりで、動きもせず何も運ばず、そこにあることのみを目的として浮いているだけなのかもしれない。

石舫の脇から昆明湖の遊覧船が出ている。船から観る往時の皇家園林は、岸辺に延々と長廊が延び、背後の山には石段でつながれた排雲殿・仏香閣・智慧海等の建物が天まで届けと連なっている。絵のようなという形容ではとても言い足りない完成度の高い荘厳な景色だった。

汪信哲と会うのは以前と同じ、後海沿岸にある『東方紅』でということになっていた。

約束の時刻より早く到着していた伊江はしばらく店の中で待った。外ではもうすっかり夜のとばりが落ちていた。

この日、この店でもライブが始まった。ギターを抱えた男の姿が白いスポットライトに照らし出された時、伊江は話しが邪魔されるのではないかと一瞬不安に思ったが、男の歌がぼそぼそつぶやくような歌い方だったので、その不安は遠のいた。その低い声は聴いていて耳に心地よく感じられるものだった。

黒い石で出来ているような汪信哲の角張った顔が店に入ってきた。伊江は立ち上がって彼に座を勧め、「お忙しいところ、ありがとうございます。汪さんがこのお店が良いとおっしゃるので今日もこゝにいたしましたが、忙中閑ありで、今夜はぜひおくつろぎください」と挨拶し、まずつまみの盛り合わせと二鍋頭酒を注文した。

注がれた小さなグラスで乾杯し一挙にその白酒を飲み干してから、

「兄弟《ジェーメー》、あんたも元気なようでけっこうだ」と汪信哲は薄い頭をかき上げ、「本音を言わずにはいられないという、私の体を流れる血液を理解した上でのインタビューだね」とつまらなそうに笑った。伊江は素早くそのグラスに酒を注ぎながら、

「早速ですが、今日おうかゞいしたいのは江思湘逮捕についてのお話しです」と言った。

「それはもう党が発表している。あの通りだ」

「汚職、収賄、スパイ容疑ということなんですけれど、具体的にはどういうことなんですか」

「江思湘の捜査はだいぶ前から進んでいた。この前あなた方が連行されたのは江捜査の輪の中にあなた方が入りこんできたからだ。あなた方が追われていたのではない」

「その感触はつかんでいました」

「江思湘は葉盛希を社長とする天津興隆公司とその傘下の子会社を通じて莫大な不法集資をした。その資本を転がす際、江思湘の影響力を発動して多額の株や賄賂を受け取った。役人人事でも公金による贈収賄を蔓延させ、それによって自らの一派形成を図った。不正蓄財した金は数十億元に及び、その大部分は海外へ流れている。これに葉盛希は懇意のアメリカ人の助けを得ているが、その男はＣＩＡ局員である疑いがある。概要はこんなところだ」

「そのＣＩＡ局員はどうなったんですか」

「残念ながら国外へ逃げてしまった」

「そうなんですか」と伊江はしばらく考えこんだ後、「打黒唱紅を唱える江思湘はどちらかというと清廉潔白な方に属する人物かと思っていましたよ」と言った。

「どちらかと言うと清廉潔白な方に属する人物、か。微妙な言い回しだな。しかし清廉潔白な人物なんて党中央にいるのかい？　いるはずだという前提が間違っていると思うね」

「でも、江思湘が手本にしている文化大革命、あれは利権に走る実権派を打倒しようというものでしたよね」

「本当にそう思うのかい？」

「そうなんじゃないですか？　それでみんな平等になろうという運動じゃないんですか」

「違うね。あれは毛沢東派がしかけた権力闘争だ。それまでにも同じ策動をくりかえしてきたカリスマとしての地位を獲得していた毛沢東は、その権威を利用して未熟な若者たちを扇動したんだ。毛の『造反有理』なんて言葉に励まされて若者たちは権力闘争の尖兵として滅茶苦茶に破壊活動に邁進した。江思湘も紅衛兵として盛んに行動して、実力者であった父親に対しても殴る蹴るの暴行を加えた人間だ」

「でも彼は結局父親の権威でのし上がってきたんですよね」

「そう。一口に紅衛兵と言っても毛沢東の肖像を掲げて好き放題に暴力をふるう以外は、彼らの背景に応じて色々でね。内ゲバも絶え間が無かった。江思湘は紅衛兵時代、もう太《タイ》子党《ズーダン》としての行動パターンを身につけていた。彼が参加した『聯動』という紅衛兵組織は父母が高い官職にある血統ある子弟で構成されていた。家々に押しかけ反革命を摘発してまわった彼らのよりどころは、その家の出身、つまり階級成分だった。父母や祖父母がどういう階級に属していたか、共産党革命に対してどういう立場をとっていたか、これに応じて暴力の強弱が決まった。彼らは親たちの革命家としての経歴を最大限利用していた。その権威を笠に着ての暴力であったとも言える。実際、どの紅衛兵も共産党の権威と権力をふりかざして暴力をふるっていたわけだがね」

「親や祖父母が所属していた階級や行動で自分たちの生活が脅かされるなんてナンセンスですよね。既にその時代の階級闘争で決着はついているはずじゃないですか。革命後二十年もたって蒸し返されるんですか」

「敵を作ってそれを攻撃することによって自らが前進したと考える。そういう思考方法が定着してしまったのだね」

「基本的人権の問題ですよ。信条や社会的身分、門地等によって差別されてはならないという社会的平等意識が無いのでしょうか」

「プロレタリア独裁を標号としてきた国だからね、そんな権利は無いよ」

「基本的人権というのは人類普遍の永久の権利とされているものでしてね。プロレタリアの階級独裁といえどもそれを踏みにじってはいけないものでしょうよ」

「そこが論争点だろうね」

「親や祖父母たちの階級成分で攻撃されるのは、日本が昔侵略戦争を起こしたとして現在の日本人が攻撃されるのと同じでしょう。私たちはこの七十年間、平和憲法のもとに、たゞの一人も戦争で殺しも殺されもしていないんです。中国では罪は子々孫々にまで及ぶってことですか。悪質な因縁をつけられるとはこのことです。そうやって気にくわない者を打倒していくんですか」

「現在の日本に対してそれほど攻撃しているかなあ」

「しているでしょう」

「それはお互い様なんじゃないの」

「少なくとも日本では中国系の会社や中国製品を破壊してまわったりするような運動は起きていませんよ。中国では日本に対してそれが大々的に行われ、中国政府はその責任が日本にあると公然と言い放った。こんな非常識を恥じずにやってしまう国は中国以外にあるでしょうか」

「こゝは共産党の国だからなあ。非常識でも恥ずべきことでもないんじゃないか。むしろそういう姿勢をとらない方が彼らの存立を脅かす結果になると考えたんだろうぜ。汚職や利権で今や特権階級に成り上がった党官僚に対する不満が蔓延している現在、愛国正義の旗を掲げて扇動することは中国共産党を助ける切り札になるかもしれない。何しろ抗日運動こそが結党以来のアイデンティティーなのだからな」

「汪さんにそう言っていたゞけると話しは早いです。でも中国共産党の腐敗ってそんなにひどいんですか」

「腐敗というか、もう構造上の問題になっているから。ソ連崩壊の時もノーメンクラツーラという存在が盛んに取り沙汰されたゞろう。あれと似たようなと言うか、あれを何十倍何百倍に拡大したような利権構造が出来上がっているんだね。だから江思湘の話しなんて氷山の一角というようなものでもない。党組織全部なんだから。検挙とか逮捕とか、これは権力闘争の表れでしかないんだよ」と決めつける汪信哲の顔をしげしげと見つめながら、

「中国人で、しかも共産党員でもあるあなたがそんな風に断定的に言い切れるものなんですか」と伊江は言った。

「そうであるからこそはっきりそう言えるんじゃないか。中国共産党の歴史に充分すぎるほどかゝわってきたからね」

「それはそうでしょうけれど」

「私の父も母も文化大革命なるもので虐殺された。両親は後になって名誉回復されたが、殺された後でそれが何になる。そもそも党は私の親の名誉を回復することなんて出来る立場なのか。文革の評価すら未だ未だ曖昧にしているくせにだ。私にとっては親を殺した毛沢東派の方がずっと憎い。自分が生まれる前の日本軍国主義よりもずっとずっとだ」そう

言って汪は白酒をぐっと飲み干した。それにつきあうように伊江も自分の杯を飲み干してから、

「江思湘逮捕が権力闘争の産物であると判っていながら、警察はその捜査を進めていくのですか」と聞いた。

「それが仕事だからね。我々公安は明示された事件に一つ一つかゝわっていくしかない。そういう存在じゃないか。元々、江思湘なんぞにひとかけらのシンパシーも感じていなかったし」

汪信哲のいかつい顔の後ろに窓があった。外には柳絮まじりの白い霧が街灯に照らされて流れていた。その後ろには中国の歴史ほどに長く深い闇がどこまでも続いているようだった。

11　誰にも知られてはならない

ホテルには梨華ではなく長い顔の炎勝幇《イエンスンバン》がやって来た。長澤辰郎が口を顔の形と同じような卵形に開けているうちに、男はずかずかと部屋に入りこんで、

「梨華からのメッセージ」と言って封筒をさしだした。

中には期待した手紙らしきものはなく、十数枚の写真が入っていた。それを手にした長澤の腕が震えた。彼自身と梨華とが演じているあられもない濡れ場の姿がそこにあった。

「よく写っているでしょう」と男は覗きこんで言った。

「何の写真だか判らない」と長澤が力なくつぶやくと、

「ご冗談でしょう。これはまぎれもなく長澤外交官殿の晴れ姿です。誰が見てもすぐ判る。いゝですか、この時のあなたのパフォーマンスはことごとく撮影してありますからね。ベッドの横に鏡があったでしょう。あれがマジックミラーだったというわけです」

「これをどうするつもりだ？」

「あなたにさしあげようかと思っています。いらないとなれば、他にも色々と使い道はありますが……」

「こんなものいくらでもコピーできるだろう」

「ですから元の写真からすっかり消却してさしあげようって提案です。一枚も残さずにね」

「その保証はどうやって担保するんだ」

「私どもを信用してもらうしかありませんな」

「それは心もとないな」

「本当にすっかり消却いたしますよ。それで綺麗さっぱりあなたの悩みも無くなるってわけです。しかしもちろんたゞでとは申しません」

「いくらだ」

「一千万円いたゞきましょう」

「高い。そんな金は無いよ」

「いやいや、そんなことはないでしょう。あなたには都合できる金額です。リーズナブルが炎勝幇《イエンスンバン》のモットーです」とマフィアは長い顔に滑り台のような笑みを浮かべた。

「そんな金をすぐに出せるわけがない」

「すぐにとは言いません。四日の猶予をさしあげましょう。四日たったら又こちらから連絡いたします。」そう言って部屋を出て行く男の後ろ姿を長澤は呆然と見送ったのだった。

一千万円で終わるという保証はなかった。写真データはすべて消却するというのだが、それを信じなければならない理由もなかった。出るところへ出てマフィア退治に協力するという手も無いわけではない。しかしそれが成功するとは長澤にはとても考えられなかった。第一そんなことをしたら自分の不祥事が露見してしまう。それはどうしても避けたかった。

突然襲われた大きな災難、それをずっしり肩に背負ったまゝ帰宅する。

長澤の住まいは大使館構内にある二階建ての公邸にあった。妻と子供一人には充分すぎるスペースがある。

「お帰りなさい」と妻の弥生《やよい》が待っていた。

「もう寝たかと思っていた」

「今日は少しお早いんですね」

「あゝ、そうだね。」そう言って服をくつろげる部屋着に替えた。弥生が高島屋の通販カタログを見て取り寄せたものだった。仕事着のバーバリーもすべて妻の見立てだった。酒棚から純米吟醸の浦霞禅をとり、ソファーに座ってそれを飲みはじめる。

「何か作りましょうか」と弥生が聞く。

「悪いね」と彼が答えると、妻は居間から続いているキッチンで菜の花を茹で辛子醤油で和えたものを持ってき、さらに真鯛の切り身とセロリの煮付けをソファーテーブルの上に乗せた。長澤辰郎が、出されたものに何の注意も払わずにルーティンワークのように箸でつまみ、口に持っていくので、

「どうです？　春の肴《さかな》、日本の」と妻が聞いた。彼は何を言われたか判らずきょとんとしたが、気がついたようで、

「あゝ、そうだね」とうなずいた。それ以上言葉を発せず、固まった物体が機械的に飲食物を口に運んでいるような姿に弥生は、

「あなた疲れてる？」と聞いた。辰郎は首をひねって少し考えてから、

「あゝ、そうかもね」と答えた。

「夜のお仕事たいへんなの？」と妻は聞いた。昼間は同じ大使館構内にいるので夫の仕事ぶりはおゝよそ見当がつく。夜は調査活動をしているということだったが、その仕事内容については話題にしないのを約束事にしていた。彼女のこの質問も不規則発言となり得る。だからか、夫はそれに答えず、黙って飲み続けている。

「そうそう、父から電話がありましたわ」と思い出したように弥生は言った。「大使が替わってから、あなた一度も父に連絡をいれていないようね。新しい大使は父もよく知っている人だから、あなたと早く連絡をとりたいようよ」

義理の父親とはこれまで連絡をとっていた。しばらくそれが途絶えているので早く連絡してこいということ。これはなかば強制でもあった。

「判った。明日連絡する」と彼は答えた。

「私、これで寝ますから」と妻が言った。彼女の寝室は子供と一緒の部屋で、辰郎の寝室とは別だった。

「あゝ」と彼は言ってまた飲み続けた。

一瓶飲み終えてからシャワーを浴び、自分の寝室に入った。寝床につき身体に酔いがま

わっているのは自覚できたが、寝つかれそうにない予感がした。

炎勝幇の男が話す言葉がくりかえし際限なく再生される。どうしたものだろうと深い溜め息が出てくる。

あの写真に写っていた男。とても自分とは思えない。外交官の醜態としてこれ以上ない下劣なショット。あんなものが人に見られるなんて、そんなことはあってはならない。誰にも知られてはならない。もし弥生に知られでもしたら、彼女はどう反応するだろう。想像するだけで恐怖の戦慄が全身を覆う。なんでもない妻の姿が恐ろしいモンスターのように見えてくる。能面のように無表情な顔が視野いっぱいに広がってくる。彼女の吐く溜め息が彼を震撼させる。ひとかけらでも彼女に知られてはならない。義父にしても同様だ。巨大な立像が彼に迫ってくる。憤怒の立像だ。長澤辰郎は彼らが恐ろしかった。彼らの軽蔑しきった眼差し、叩きつけてくる怒りを身体で感じとる。どん底だ。地獄の穴底に落ちこんだズブ濡れの犬だ。

こゝは炎勝幇に従って金を工面するしかないかもしれないとも考える。一千万円ならなんとか借金できる額だろう。しかしそれ以上はとうてい都合できない。マフィアを本当に信用していゝものだろうか。これを限りに終わることができるのだろうか。そうした思いが堂々めぐりに回転して止まない。

「梨華……」と訴えるように彼はさゝやく。ゆすりに使われた写真に写った彼女の裸身でさえ未だ彼には愛おしく感じられていた。裸の男女の絡み合いはそのまゝ激しい愛の表現でもあった。あの写真が撮られていた時、二人は全存在をかけてお互いを欲していたのではなかったか。その瞬間があゝして写真として定着し、恐喝の道具として使われようと、彼女との行為は本物であったと信じたかった。ひょっとすると梨華自身も炎勝幇に脅かされている被害者かもしれないではないか。そう考えると、いたゝまれない情念に包まれもする。

しかし彼女の正体はまるで不明、謎に包まれている。そもそも最初、産読新聞の伊江和夫が発見した時、彼女は内モンゴル自治区から出てきた農民工だった。それが数年もたゝぬうちに北京でぴかぴかのコンパニオンになっていた。その変貌の激しさと速さが驚きでもあり魅力でもあった。どこまでも変貌し続ける機械のようではないか。いや、機械ではない。彼女の肉体には燃え上がるような生命力が溢れているのを彼は知っている。

どんなに貧しくとも徹底的に平等を求めて止まなかった毛沢東主義者たちが、金を求めて我先にと人をかき分けている時代なのだ。頬を赤く染めた純朴な打工妹が客から金をゆすりとる手練の花姑娘《ホアクーニャン》になって、何か不思議があるのだろうか。

そうした思いが止めどなく回転し、なかなか眠れない。馬づらの中国マフィア、妻や義父や梨華、それに大使館の職員らが出てきて、何かとてつもないドラマが進行する。大破綻の瞬間、眼が覚める。とすると、しばらく眠っていたのだ。現実にもどる。今まで見ていた世にも恐ろしい夢とこの白けきった現実と、どちらがひどい状態なのか。それも判らなくなる。

眠れないうちに空が白んできた。これから真っ白な一日が始まる。

充血した眼をしょぼつかせ疲れたバーバリーを身にまとって大使館本館に入った。こゝで働く三十名あまりの外交官たちはそれぞれに重い職務を持つエリートであり、お互いの関係も、助け合いよりも競い合いと言った方が当たっているぎこちなさが介在している。特にインテリジェンスに関しては出身母体や所属グループの違いから、求める情報工作も違っており、お互いの疑心暗鬼がどうしても深くなってしまっていた。それぞれの官吏は自分の周りに城を築いているような気持ちで互いを牽制する形になっていた。

自分のブースで今日入ってきた新しい情報を一通り見てから長澤は義父に携帯でコールを入れた。日本は北京より一時間先に進んでおり、義父も自分の書斎でパソコンを前に一息ついている頃だった。

「いやあ、久しぶりだなあ。元気でやっているかい」と義父は言った。

「特に病気なぞはしておりません」

「まあ、そうだろうが、ずいぶん連絡が無かったものだから少し心配していた。大使も替わったことだしな。どうだい、新しい大使は。うまくいっているんだろうな？」

「そう思いますけれど」

「前の大使とはかなり違うぞ。君との関係は本当に大丈夫なんだろうな」

「大丈夫です」と真実ではないことを言った。長澤と新大使との関係は実際は大丈夫と言い切れるようなものではなかった。

「君も知ってのとおり、新しい大使はこれまで内閣官房にいて秘密保護法の制定にも尽力した人物だ。秘密保護法に直接かゝわってくるのは、君らのような外交官が一番だからね。これまでもそうだったが、今後は機密漏洩は重大犯罪として、ますます厳重に処罰されることになる。注意の上にも注意して行動しなければならないよ」と今の長澤には痛すぎる言葉をかけてきた。

「判っております」とそれだけ答えるのがやっとだった。

「『チャイナスクール』も最近はすっかり力を失って、外務省の動きはむしろ逆の方向に進んでいる。現場にいる君にはそれがよく判ることだろうさ。そうじゃないかね？」

「それは感じています」

「だったらその流れに上手に適応することだ。官僚は政治の流れに機敏に対応していかなければならない。それが心得の第一条だ」

「はい」と答えた長澤は義父が自分の北京での活動に相当心配しているのを感じていた。義父の心配にはそれなりの根拠があった。日本で新政権が発足してから外務省はこれまでもそうだったがそれ以上に、言わばなりふりかまわず対米追随路線をひた走るようになっていた。アメリカの顔色を見ずして日本の外交なぞ考えることすらできない情況になっていた。インテリジェンスについてもその路線をもとにして仕事内容が驚くべき規模で単純化してきていた。

その一番の体現者は昼近くなって長澤の前に顔を出した防衛駐在官の山本一等陸佐である。もともとアメリカ軍との連携も密で、北京にあるアメリカ大使館にも年中顔を出している人物だった。

「ビル・ダグラスが中国から脱出したのを知っているかい?」と山本は長澤に聞いた。大きく広がったおでこが輝いていたが、目鼻口の造作には愛嬌のかけらも無く、軍人らしいシビアーさが漂っている。

「ビル・ダグラスってアメリカ大使館の彼か」と聞くと、

「そうだ。ＣＩＡのビル・ダグラスだ」と山本は言った。

「そうか、やっぱり彼はＣＩＡだったんだな」

「そうだ。それもケースオフィサーだ。江思湘に対する工作をやっていたらしい。江思湘夫婦逮捕ということになったが、この事件はこれから大いに世間を騒がすに違いない重大事件だ。それとの関連でビル・ダグラスは中国国内にいられなくなったということだ。アメリカの大使館活動に直接かゝわってくる話しだから、ビルもたくさん情報を残していった。それをいちいち言うわけにはいかないが、君に関連した情報があった」と言ってから言葉を切って長澤の反応をうかゞっている。

「私に関連した情報？」と聞き返すと、

「そうだ。君が中国人女性と特別な関係を持っているという話しだ。つまりセックスを重ねているということだ」と山本はあからさまな表現をした。「どうなんだ？」

「……」

「否定できるか？」

倒れそうだった。

「否定しないようだな。……外務省は、大使館に働く者のみならず民間で働く者にいたるまで中国でのハニートラップに注意を喚起している。ましてや君のように情報収集にあたる者がそういう事態におちいるなんて決して許されないことだ。その中国人女性が中国当局のまわし者だったらどうするんだ？　そうだろう。即刻清算しろ。できるか？」

「うん」と長澤は力なくうなずいた。梨華はそもそもビル・ダグラスが連れてきた女じゃないか。その情報がＣＩＡから入るのか。一体どうなってるんだという気持ちがわき上がっている。しかしそれもインテリジェンスに携わる者同士の足の引っ張り合い、いやがらせと考えれば理解できないこともない。七人の敵ありという累卵《るいらん》の危うさだ。腹が立つが、それに反発するような気力はすでに失せていた。

昼食後、大使に呼ばれた。

眼の前の大使は、やせぎすだった前大使の二倍はあろうかと思われるビア樽型の大男だ。

「前から言っているよな、あまり中国に深く入りこんではいけないって。中国の情報をつかむ君の仕事柄、色々な中国人と関係を持つことになるという事情は判る。しかし闇雲に網を広げていってはいけない。どこの誰とも不確かな者に接近してはならない。以前から警告しているとおりだ。中国共産党の網がそれこそ津々浦々にまで張りめぐらされているわけだからね。それに引っかゝってしまう可能性は圧倒的に高い。これまでも君にくりかえし言っているように、インテリジェンスは組織集中的にやらなければならない。設定されたプロジェクトにもとづいて関係諸機関とも連絡をとりあいながら進めていく必要がある。君がこれまでやろうとしてきたような、なるべく広くしかも深く中国の中に入りこもうなんぞという考え方はどだい無理なんだよ。せいぜい自分に傷を負ってしまうのが関の山だ。アメリカから君の女性関係の話しが伝わってきているそうじゃないか。気をつけたまえよ。致命傷にならないようにな」と大使は告げた。

「どうしてアメリカが私のそんなことを知らせてくるのでしょうか」と長澤は思っている疑問を述べた。

「そりゃあ、君。向こうも日本大使館で働く者について心配をしてくれているからじゃないか。中国当局に抜けてしまう穴の可能性を可及的速やかに塞《ふさ》いでしまう必要があるからだ。日本で秘密漏洩《ろうえい》があれば、アメリカも大迷惑することになる。そんなことも判らんのか、馬鹿者め！」大使は顔を蒼白にして怒りだした。

12　南無阿弥陀仏《ナモアミトゥオフォ》

北京市が白い濃霧に包まれた。いつもなら高層ビルが立ち並ぶ姿が見られる北京支局の窓からの風景は、曇天の雲が低く地上にまで下りてきたかのように視界が覆われている。

「視界は二百メートルってところかな」と支局長の青沼が外を眺めて言う。「後ろは山水画の世界だな」

「橙色警報が発令されましたね」と伊江が言うと、

「橙色っていうと赤色の次だね。四段階で二番目に危険ってわけだ」と確認した。

「PM二・五の濃度が一立方メートルあたり四三二マイクログラムだということで、これは日本の平均基準三五マイクログラムの十二倍を超えていますよ」

「マスクは必需品だな。北京市民は平気な人も多いようだけれど」

「やっぱり日本製の高性能マスクでなければ駄目でしょう。何せPM二・五ですからね」

「PM二・五を吸いこむとどうなるんだ？」

「喘息《ぜんそく》になるんじゃないでしょうか」

「それですめばまだしも、どう考えたって身体に悪いよな。四六時中吸っているんだもの。こんなゴミだらけの空気を吸い続けると死んでしまうかもしれない。およそ公害なんて、気がついた時はもう遅いってことも多いのだからね。最低限、空気と水と食べ物、この安全だけは確保してもらわないとな」

「中国当局に対して言っているんですね」

「まあ、そうだが」と青沼は言って口をつぐんだ。そしてしばらくしてから、

「長澤さんの件、調査は進みそう？」と聞いた。

「中国の警察は自殺ということでそれで一件落着ってところなんじゃないですか。自殺の原因については大して興味を持っていないようですよ。調べようがないってこともあるだ

ろうし」

　長澤辰郎は大使館内の更衣室で首を吊って死んでいた。

「日本大使館の筋も最初はそろって口を固くしていたが、こゝへきて少しずつ情報が流れてきている」と青沼が言う。

「どういう情報ですか」

「うん。これは噂話しとかではなく、かなり確かな情報なんだが、長澤辰郎一等書記官は中国公安からスパイ活動を強要されていて、それを苦に自殺したということなんだ」

「え？　本当ですか」

「確度は高い。外交官の権利をうたっているウィーン条約に違反する行為として外務省は中国に抗議を行うつもりがあるようだ」

「そんな話し初めて聞きましたよ。すみません。少しも知りませんでした。どうして私の耳に入ってこなかったんだろう？」

「公表していないからね。大使館や外務省はこれを表沙汰にするつもりはないようだ」

「でも青沼さんのところへは流れてきたんですよね」

「そうだ。やっぱり隠し通せるものでもないし、結局そういうことになる」

「何か一貫していませんね。と言うか、悔しいですよ。本当にそういう事件なら、これは大変なことじゃないですか。外務省が隠してよい問題なんかじゃないでしょう」

「まあ、そうだね」

「で、中国公安からスパイを強要されて、それを苦に自殺ということなんですけれど、そのところよく判りません。はっきりしているんですか」

「時系列で詳しく事実経過を示せるようだよ」

「そうなんですか。でも私が判らないのは、スパイを強要されたので自殺ってところなんです。どういう論理でその因果関係が成り立つんです？」

「長澤さんはハニートラップにかゝったんだ」

「ハニートラップ……」

「そう。それをネタに脅迫を受けていたということだ」

「中国公安からですか」

「そう。日本の情報を流すように強要された。ハニートラップは彼らが仕組んだものだったというわけだ」

「どうしてそれが日本の大使館で判ったんでしょう？」

「世界中の通信網を傍受するインテリジェンスを持った国があるだろう。そこから伝わってきたということだ」

「そうなんですか」とおぼろげな相づちをうって伊江は考えこむ。そういう可能性は想定内のことではある。だが本当にそんなことで自殺するものなんだろうかと伊江は考えるのだった。中国当局からそのような脅しを受けていたのなら正面から受けて立って堂々と闘えばいゝじゃないか。死んでしまっては完全な敗北だ。いや、スパイ活動を拒否したことにはなるから、完全なる敗北ではないかもしれない。しかし彼自身にとってはすべてがおしまい。何もかも失うことになる。そんな愚かな選択を伊江の知っているあの長澤が果たして本当にしてしまったのだろうか。そこのところが納得いかず、どうしても思いを色々めぐらしてしまうのだった。

葬儀の後、伊江は長澤の妻、弥生に会って取材をしていた。夫を亡くした直後ではあったが、彼女は気丈に話しをしてくれた。

「今でも信じられない思いでいっぱいです」と弥生は首をふった。「実際、更衣室で首を吊った姿で発見され、警察も現場を調べて自殺したのは確実と判断したわけですから、それが現実なんでしょうが、どうしてそんなことになったのか本当に見当もつかないんです。死ぬ前日もふだんと変わった様子はなく、自殺するなんてそぶりは少しもなかったんです。いつもどおり一人でお酒を飲んで静かに休んでおりました。特別何かに悩んでいたなんて私には思い当たることは何もないんです。何かあったから自分で首を吊ったんでしょうけれど、本当に何一つ思い当たらないんです。子供にも優しい父親でしたし、仕事も順調でした。元外務省に勤めていた父も主人に大変期待をかけておりました。この知らせを受けて絶句してしまい、それから何も語ってくれません。それほど失望しております。魔がさしたと言うのでしょうか。私どもには判らない何か特別なことがあったのでしょうか。私の理解がおよばないところに主人がいたということが私には悔しくてなりません。私は主人に善かれと思われることは何でもしてきたつもりなんです。しっかり主人を理解しているつもりでした。それがこんなことになってしまい、もうどうしたら良かったのか全然判りません。今となっては何もかもが遅くなってしまったのですけれど。どうしたら良かったのか悔やみきれない思いです。何をどうすれば良かったのか、それが判らないので悔しいのです。いったい何が起きたのでしょうか」と事態を受けとめきれずに悩んでいた。

弥生の当惑はもっともだった。伊江にしても同様な思いを抱いていた。

中国公安からスパイ活動を強要されたのを苦に自殺。公務と私生活とを混同させず自分の行動は自分で決めていける長澤が、そんな杓子定規な小役人のようなマネをするだろうか。

たゞ長澤がどうしても妻に知らせたくなかったたゞろうハニートラップについては伊江にも思い当たる点があった。それで青沼に、

「ハニートラップの相手なんだけど、どんな女だったか情報は入っていますか」と聞いてみた。

「名前まではゝっきりしていないんだが、その女とは北京亮酒吧《ベイジンリエンチューバ》で出会ったということだ。パークハイアットのてっぺんにあるあの有名な店だ。君も行ったことがあるだろう」

との答えに、行ったことがあるかどうかというような話しではない、それどころか自分は長澤がその女と出会った瞬間一緒だったのだと確信する。

　長澤を罠にかけた女はやっぱり梨華《リホワ》なのだ。

　それならそれで合点のいくところは多々ある。天津に行った時、長澤は彼女とデートしていることを語った。糖葫芦《タンフールー》の飴をくちゃくちゃやりながら楽しそうに語っていた。その甘酸っぱい味が彼女を思い出させているかのように。梨華の水商売風の様子からしても、二人が男女の関係になるのは伊江にも充分予測できることゝしてあった。

　梨華に会わなければならないと考えた。携帯の番号は北京亮酒吧で出会った時に聞いていた。

「産読新聞の伊江ですけれど」と言うと、

「あゝ、日本の新聞記者さん」とすぐ判った。

「会って、お話しをしたいんだけれど」

「取材費高いわよ」

「了解です」

「いつ、どこで会う？」

「そっちの都合に合わせるよ」

「そう。じゃ、三里屯《サンリートゥン》のバーストリートにある『ブラン』っていう店で、九時頃に」ということで決まった。

その夜、三里屯に行った。近くにイトーヨーカドーがあるので、よく来る場所だ。たゞし片側に飲み屋がびっしり軒を並べるバーストリートは、しつこい客引きやひったくりがうろうろしていて、油断ならない。

約束の時刻の少し前に『ブラン』に行くと、梨華は一角のテーブル席にまるで店の主のように座って待っていた。肩や脚を露出させたいかにもそれらしい衣装を身につけていた。

「待った？」と聞くと、

「いゝえ、時間どおりね」と完成された商業的微笑を浮かべた。

寄ってきたウエイターに燕京《ヤンジン》ビールを注文してから、伊江は梨華を眺めて、「やっぱり綺麗だね」と愛想を言った。

「そう？」と嬉しそうな笑顔を見せてから梨華は、「本当に話しを聞くのが目的？」と商業的な期待のこもった目つきで聞いた。

「本当に話しを聞きたいんだ」と伊江が答えると、

「そう」と前傾していた上半身をいくぶん後ろに戻し、「何の話しを聞きたいのかしら」と言った。

「長澤辰郎のこと」と静かに言い、伊江は梨華の顔をじっと見つめた。彼女の様子には慌てるとか特に変わった変化はおこらなかった。

つまみに『ブラン風肉百パーセント春巻き』をたのんだ。一風変わった春巻きを手にした梨華は、

「長澤さんて、あなたのお友達の外交官ね。あなたの方がよく知っているんじゃないの？」と言った。「最近、連絡がないけれど忙しいの？」と彼が死んだことも知らないようだった。

「聞きたいのは君との関係。どこまで関係が深まっていたかってこと」

「どうして？　どうしてそんなこと知りたいの」

「彼はもう君とはつきあえなくなってしまったからね」

「え？　どういうこと」

「死んだんだ」

「死んだ？」

「知らなかったのかい」

「えゝ」と梨華はうなずいた。嘘を言っているようには見えなかった。

「だからもう彼から話しを聞くこともできないし……」

「そうなの。そう言うことなら話してあげる。彼とは肉体関係を持ったわ」

「やっぱりね」

「私たちはとってもまじめに一生懸命愛しあったわ。以上。他に何か言うことあるかしら？」

「たゞじゃないよね」

「もちろんお金はもらったわ。……いくらだか聞きたい？」

「いや。つまり君は大昔から続いている歴史ある仕事にたずさわっているわけだ」と冗談めいて言ったが、寒い風が吹きこんだような気がして、あわてゝ「それで何か変わったことなかった？」と聞いた。

「何か変わったことって？」

「たとえば公安とか共産党とか、そういうものがかゝわってくることはなかった？」

「だいじょうぶ。見つからなかったわ」

「でも、そういうところとは君のその仕事の関係で、ふだんから何かとつながりがあるんじゃないの」

「心配いらないわ。そういう関係は炎勝幇《イエンスンバン》の人たちがうまくやってくれているから」

「炎勝幇？　マフィアじゃないの？」

「互助組織？　そういうのに近いんじゃない？　とても頼りになるのよ。私はもう何度も助けてもらっているわ」

「その炎勝幇が長澤一等書記官に何か悪さをしかけたってことはないんだろうね？」

「え？　ないと思うけれど……」と答えてから梨華は考えこみ、「その可能性は……」と言いかけて口をつぐんだ。そして、「長澤さん、どういう亡くなり方をしたの？」と聞いた。

「自殺した」と告げると、

「そうだったの」と神妙な顔つきになり、「そう言えばあの人、線の細いところがあったわ。自殺するなんて何かよほど大きな悩みが起きたんでしょうね」と溜め息をついた。

「その悩みについて心当たりはないかな」

「ちょっと私には判らないわ。……でもあの人、李娜《リーナー》の『美麗新世界』ってCDを何回も聴いていた。念仏がくりかえされるだけの曲なんだけれど、がっくり肩を落として聴きいっていた。手を合わせていることもあった。その後ろ姿を見た時、あゝこの人深い悩みを持っているのかもしれないって考えたわ。そういうこともあったの」

長澤の心のうちが判るかもしれないと考え、伊江は、

「そのＣＤ、今持っている？」と聞いた。

「今持っていないけれど、あなたが聴きたいのだったら、後であげるわ。私、もういらないから」

その言葉どおり、しばらくして産読新聞北京支局へ李娜のＣＤが送り届けられてきた。聴いてみると、中国風の柔らかい旋律にのって実力派歌手が滔々と南無阿弥陀仏《ナモアミトゥオフォ》の言葉をくりかえす楽曲だった。イージーリスニングやＢＧＭにも使えそうな聞きやすさがあったが、たゞ一心に阿弥陀仏を念じ続けるという浄土宗の教えにも通じる心を感じさせる。これを長澤はじっと聴きいっていたという。その心の風景はどのようなものであったのか。

親鸞は人の世の無明煩悩、虚仮不実を指摘したが、長澤は自分自身と彼をとりまく世界について、そこに多くの偽りと深い煩悩を認識することになったのかもしれない。その闇の深さは傍《はた》の者では気がつかないほど厳しいものになっていたのではないか。それこそ無明と呼べるほどに。それで彼はひたすら阿弥陀にすがりつこうとした。阿弥陀仏とは人間の力を超える慈悲そのもの、美しさそのものゝことである。それに自分自身をすっかりゆだねてしまいたかったのだろうか。李娜の声によってくりかえされる南無阿弥陀仏は清らかなものに帰依しようとする心の表出以外の何ものでもない。それを彼も心のうちで一心

に念じていた。あの世での成仏をめざして南無阿弥陀仏をとなえていたのかどうかは判らない。たゞひたすら慈悲にすがっていたことだけは推測がつく。ひょっとしてその阿弥陀のイメージが梨華とダブっていたのかもしれない。彼の心の中で梨華はそれほどまでに高められていたかもしれなかった。それはあり得ることではあった。しかし実相における虚仮不実と無明煩悩の深さにその幻想は耐えきれず、もろくもそれはぷっつり切れてしまったのではないか。そもそも梨華が阿弥陀仏であるはずのないことは、どんな世間知らずでもさすがに判るはずではある。

やっぱり長澤のキャリアにとって致命的に傷がつくようなことが起きたのだろうな。それしか考えられない、と伊江は思うのだった。

第五　青色の章

13　戦争が起きる可能性は高いのか

北京を覆う微粒子物質の混じった雲の重なりをあっという間にくゞりぬけると、雲海の上にどこまでも続く成層圏の青さが広がっていた。席横の小窓から眼をさすようにさしこんでくる太陽光がまぶしくて伊江和夫はシャッターを降ろした。これから三時間あまり乗っていれば羽田に着く。久しぶりの一時帰国が許され、彼の心は耳から入る飛行機の爆音に転がされるように弾んでいた。慌たゞしく発展を続けている中国の街なみや人いきれに慣れきっている彼ではあったが、それとは一味も二味も違う生まれ育った日本の空気を思えば懐かしく、それを胸いっぱい吸いこみたい気持ちだった。今回の帰国には尖閣問題をめぐる取材も含まれており、父昭夫が住んでいる石垣島へも行ってみるつもりでいた。石垣島は新しい空港もでき、リゾート地として中国にまでも名がとゞいてきている。それで彼の心のうちでは八重山諸島をつゝむ青い海原も、機外に広がる成層圏の青さのように非日常的な魅力をもって輝いていたのだった。

伊江の書いた主に江思湘事件に関する記事は『産読新聞』本紙に連続で掲載され、会社から高い評価を得ていた。今回の一時帰国にはその高評価の報償という意味合いもふくまれていると感じていた。その連載記事は、江思湘の逮捕をきっかけとしながらも、広く共産党独裁下の政治状況全体について記述されていた。高度成長によって国民意識は高揚しつゝも利権まみれの党官僚に対して民衆の不満が高まっていること、共産党の信頼回復を企図する際に反日は最も有効な手段となり得ること、共産党内部では国民の全く関知せざる次元で権力闘争が行われていること、そういう事柄を積み上げる記事となっていた。江思湘逮捕というセンセーショナルなニュースは、それを手がかりに中国政治の深部にまでおし入っていくツールとなる。伊江はそれを充分利用して記事を書いた。そしてそれはうまくいったようだった。だがその同時期に起きた別の事件、日本大使館に勤務する外交官が自殺するという事件については、なかなか伊江の筆が運ばなかった。自殺した一等書記官が彼と極めて親しい仲であったこともある。しかしそうであれば一層熱心に記事化するということだってできるはずだった。しかしそうはならなかった。

長澤辰郎の死後、伊江はその死についての取材として大使館づきの一等陸佐山本を訪ねた。伊江が取材先を山本に向けたということではなく、むしろ山本の方からその話しをしたいということだった。大使館の一室に通されると、

「君は長澤君とは親しかったはずだよね」といきなり言われた。

「はい、随分懇意にさせていたゞいておりました」

「君が彼の情報収集活動に協力していたことは私も承知しているよ」と山本が言うので、どう答えてい丶のか判らずに黙っていると、

「もちろん十二分の取材費は渡してあるはずだ」とさらに言ってくる。長澤と同じ大使館員なので連絡がとれているのだろうと考え、

「いたゞいております」と答えた。

「つまり君たちはこの国で諜報活動をやっていたということなんだ」

「私は自分の仕事をしていたゞけだと考えておりますが」

「金を受けとっていたのだろう？」

「まあ、そうです」

「長澤君の方からすると、君を雇っているという風に考えていたゞろうな」

「そうでしょうか」

「会計上からもそういうことになる。しかし君が君自身の立場をはっきり認識していないということの状態はまずい。諜報活動が何か極めて漠然とした不明瞭なものになっている。長澤君の活動はすべてこんな調子なのだ。君もそう考えたことがなかったか？」

「いえ、そんなことはありません」

「まあ、いゝ。日本のインテリジェンスの一つの断面なんだから。しかしこの脇の甘さが彼に死を招いたのだ」

「どういうことですか」

「諜報員が自分の身分を相手に悟られた場合、その諜報員に待っている事態は消されるか相手に抱きこまれるかだ。君には奇異に聞こえるに違いない緊張した公理だが、スパイというのはそういう活動なのだ」

「はい」

「活動を見破られた長澤君には中国公安当局から強力なハニートラップがかけられた。まんまとひっかゝってしまった彼は、公安当局から日本の情報部に対して逆スパイすることを強要されるはめにおちいったのだ。それを拒否するために長澤君は自らの首をくゝった。

愛国者として最期の選択だったのだろう。この経緯は聞いているか」

「支局長から聞いておりますが、正式な発表ではないようで……」

「そう。大使館からの正式発表にはしていない。しかし事実はそのとおりで間違いない。なんだったら記事にしてもらってもかまわない」

「それは記事にしろという要請ですか」

「おや、私と話した少しの時間で君はずいぶん成長したね。君にはこれまでに引き続いて諜報活動にたずさわってもらいたい。承知しているだろうが諜報活動の世界は冷酷なものだ。たった一言のジョークのせいで殺されてしまう結果を招くこともある。しかし君が愛国者であることは判っている。愛国者であることがスパイ活動の必要条件だ。直属の上司は長澤君に代わって私ということになる。できることなら君の書く記事もその活動の一環としてやってもらいたい。その意味で『記事にしてもらってもかまわない』という私の発言の仕方は不明瞭だった。書けという命令なのかどうか確かめようとする君の態度はよろしい。その姿勢が大事だ」

「そうなんですか」

「その記事だが、まだ書かないでよろしい。大使館員の自殺だなんて不祥事には違いないのだからね。ことが大きくなったり何か状況が変化した時には書いてもらうことになるだろう。それまで待ってもらいたい」と山本は大きなおでこを光らせて言った。

そういうわけでそれはまだ記事になっていなかったのだった。

昼過ぎに羽田に到着した。

梅雨の日本、吸いこむ空気にねっとりと湿気が含まれている。その湿度の高さに今更ながらあきれつゝ京浜急行に乗って品川まで出た。駅の外へ出て近くの『品達』に行く。軒を連ねる有名ラーメン店の中から伊江は迷わず『蒙古タンメン中本』へ入る。中国の酸辣粉《ズワンラーフェン》も好きだが、日本のラーメンではこゝの五目蒙古タンメンが一番好物だった。はんぱではない辛さとよく煮こんだ野菜のうまさ、これが身体中を循環してまわり心が浮遊する。若者たちで混みあうカウンターで、客は辛さから鼻をかみ汗をふきながら、ゆっくり麺を口に運んでいく。彼らと一緒にそれを食べ、伊江は日本に帰った実感を得る。

スターバックスでコーヒーを飲み、一息ついてから彼は産読新聞の本社に入った。内部からは全体に色合いがくすんでしまってぼやけたような印象も受けたが、基本的にはこの前来た時と変化のないたゝずまいが広がっていた。

外信部に足を進めると、デスクの川原次長が彼に気がつき、肉づきの良い顔に笑顔を作って、

「あ、伊江君、お帰りなさい」と立ち上がって彼をむかえた。「今着いたのかい？　元気そ

うだな。すぐに部長に挨拶して来い」と伊江の肩に手をやって部長のいるブースまで一緒についてきた。

「中村部長、伊江君が帰ってきました」と川原が大きな声で言うと、これまたでっぷりと太った身体をノリのきいたワイシャツと高級スーツで包んだ中村が、眼圧治療の目薬で真っ赤に充血した眼をこちらに向けた。

「たゞ今、一時帰国で戻りました」

「やあ、ご苦労さん。特に大きな問題をひき起こすこともなく、色々活躍してもらっているようだね。君の書いた記事は各方面から評判が良いのだ。思いがけず、こっちも喜んでいるところだ」と中村は御機嫌な表情で言った。

「思いがけずですか？」

「こんなに好評を得るとは考えていなかったんでね。いや、驚きだ驚きだ。今日は外信部の有志で君の歓迎会だな。今夜、予定は入っていないよね？」

「特にありませんが」

「じゃあ、川原君と相談して行く店を決めてくれ。私も参加するから」と言って中村はバイバイするように手をふった。

部長のブースから出ると川原は潤んだ眼で伊江の顔を見て、

「それで今夜何を食べたい？」と聞いた。

「おまかせしますよ」

「やっぱり日本へ帰ってきたら、魚かなあ？」

「それもいゝですね。私、基本的になんでもけっこうですので」

「じゃ、うまい魚を食わせる居酒屋でいゝね？」

「おまかせします」

「じゃ、決まった。いちおう予約を入れておこう。私たちと部長の他にあと二人は確実に来るから」と独り言のように言って、携帯を耳にあてゝ予約をし始めた。予約し終えると、

「今日これからの君の予定は？」と聞いた。

「明日から石垣島の方へ行きますが、今日は中国からの移動日ということで何も入れていません」と答えると、

「じゃあね、君には私も聞きたいことが色々あるから話しを聞かせてくれないかなあ」とまた伊江の肩に手をかけてきた。

「いゝですよ」

「この部屋を使おう」と川原デスクは伊江を小さな部屋に連れていき、そこにあったアームチェアーにどっこいしょとその重い腰をすえた。

「中国から送ってくる君の記事にいつも少しずつ手を入れさせてもらっているが、それはかまわないよね」

「全然かまいません。行き届かないところを直していたゞいて逆にありがたく思っています」

「それを読みながら考えているんだが、日中戦争が起きる可能性は高いのかなあ？」

「高いかどうかは知りませんが、その可能性はあるでしょうね」

「うちの読者の中国に対する敵愾心は相当なものがあるが、中国国民の日本に対する気持ちはどうなんだろうね」

「闘争心に関しては日本人のそれをはるかに上まわっているでしょうね。歴史的にも日本人が置かれている環境とはずいぶん違った状況にありますからね」

「日本人はアメリカ占領軍によって牙をぬかれちまったからな」

「闘争心に満ちた十四億の人間相手じゃかないませんよ。原発だって日本の海岸にごろごろ並んでいるし、中国の核弾道ミサイルは日本の各都市に狙いをつけているわけだし」

「さすがに全面戦争にはならないだろう」

「どうしてですか」

「こちらは安保条約で守られている」

「対中戦争になればアメリカが助けてくれると考えるのですか」

「無論そうだ。そのための安保条約だろう」

「どうですかねえ、判りませんよ」

「もしアメリカが助けてくれないのなら、独力で戦えるようになるしかないってことだろうさ」

「それもハードルが高いですよ」

「日本の海軍力はアメリカに続いて世界第二位だろう。中国なんかのそれとは比較にもならない実力を持っているはずだ。人数では負けるだろうが陸軍の力や空軍の力の優秀性は絶対に中国以上だ。これからの戦争は闘争心や数量で決まるものではなく、テクノロジーで勝負がつく。そういう観点でみれば、もし尖閣諸島で戦争が起きたとしても、日本が負けるという話しにはならないんじゃないか」

「尖閣・沖縄の制空権は簡単には取れませんよ。台湾正面を戦略にしてきた中国は、尖閣から四百キロあまりの南京軍区の飛行場にF15、F16と同等の新型戦闘機を約二百機配備していると目されています。那覇空港の航空自衛隊のF15の約二十機だけではとても対処できません。制空権を取られて敗北するのでは太平洋戦争の二の舞ですよ」

「米空母ジョージワシントンはなんのために横須賀にいるんだ。そういう時のために在日米軍が駐屯しているのだろう。彼らの戦闘機を合わせれば中国軍の戦闘機の数を凌駕するだろう」

「やっぱり日米安保だのみということですか」

「仕方がないよ。それが現実なのだから」そう言って川原は太ってでっぱった腹をワイシャツの上からさすった。

14　敵は国内にいる

東シナ海が青々と広がっている。伊江昭夫の経営する民宿からは眼下に、透き通った海水を満々とたゝえた海原が眺望できる。簡単な造りの小洒落た宿は小高い丘に立っていて、沖縄県道七九号線を間にはさんで緑の自然林、ダイヤのきらめきを散らす青い海原、その上方にさらに青さを増した大空が広がり、白い雲を浮かべていた。こうした石垣島眺望の単純にして雄大な構図に囲まれながら、伊江昭夫はテラスのベンチに腰かけている。彼の白髪まじりの毛髪はすがすがしい海風に吹かれ揺れ続けている。和夫とそっくりな太い眉の下には南国風の黒い目が開いている。彼が手にしているのは息子の和夫によって郵送されてきた『産読新聞』である。そこには和夫の書いた『中国の権力基盤　江思湘事件をめぐって』と題する連載記事がのっていた。

和夫が、「ちょっと評判が良かった記事なので」として送ってきた。「近いうちに石垣島へ取材に行きますので、その時そちらに寄ります」というメッセージもついていた。

『産読新聞』は沖縄ではほとんど読まれていない。『産読』に限らず『朝日』も『毎日』も同様で、中央紙を好んで読む者の数は少なかった。『沖縄タイムス』や『琉球新報』等、地方紙の方に圧倒的に人気が集まっていた。

それというのも、新聞の構成の仕方や記事の内容が中央紙と地方紙とでは、こと沖縄について多くは米軍基地に関する事柄で、際だって違っていたのだった。広大な面積をそれにとられている沖縄では、その問題が絶えず大きな話題となる。日本全体にとっても、米軍基地問題は国家存立の根本にかゝわる問題であるはずだったが、中央紙では驚くほどに等閑視される。その度外れた意識の違いに沖縄の人々は呆れ、中央紙を読もうとしないのだった。

『産読新聞』に対する不信は、伊江昭夫の経験からすると、沖縄問題に発するものばかりではなかった。彼が東京の高専を卒業し、あこがれの国鉄職員として晴れて勤務し始めた二十代、それらの新聞社はどういう働きをしていたか。当時強力だった国鉄労組をつぶすのも目的の一つとして国鉄それ自体を分割民営化しようと、連日のようにキャンペーンを張っていた。まるで犯罪者でゝもあるかのように国鉄職員の悪口を書きまくった。『産読』はその最前線でアタッカーの役割を果たしていた。

息子の和夫がその新聞社に入社したのは、昭夫がＪＲを退職し石垣島に移ってから数年後、四十代もなかばになった時だった。大学を卒業してもなかなか思ったような就職ができない時代にさしかゝっていたゞけに、息子の大企業への就職を喜ぶべきかと考えてもみたが、口から出てきたのは、

「なんであんなブル新に入るのだ」という驚きの言葉だった。

「ブル新？」と和夫は聞きかえした。

「ブルジョア新聞」と言いかえると、

「サヨクはそう言ったんだ！」とおもしろがった。「お父さんも気がついていると思うけれど、もうサヨクの言葉は通じない時代なんですよ」と解説する。その時すでに、ソ連をはじめとする社会主義諸国が崩壊してから十年が経過していた。

石垣島へは夫婦二人で移り住み、大学生だった和夫は生まれ育った東京にそのまゝ残って新聞記者になったわけだが、彼自身が石垣島へやってくることは滅多になかった。特に昭夫の妻が死んでしまってからは、その葬式に来たきりで一度もこちらへ来てはいなかった。和夫が特派員として中国へ派遣されたという事情も関係しているのだろうが、小さな

家族なのだから正月か法事ぐらいには顔を出すべきだという不満が昭夫にはあった。

その和夫が久しぶりに石垣島へやって来る。昭夫はテラスのベンチで息子の書いた新聞記事を読みながら彼の帰りを待った。

青い海を背にしてこちらへ向かってくる和夫は五年前に妻の葬式で見た姿と何も変わっていないように見えた。あれからずっと中国で仕事をし社会経験も積んだはずだったが、昭夫の眼には未だ未だ少年のようにしか映ってこなかった。

久しぶりに眼にする息子に、「やあ、よく来た」と言った。和夫は父の手に彼が送った新聞があるのを見て、

「どう？　僕が書いた記事。みんな誉めてくれている」と得意そうに言った。

「中国人を外したみんなか？」と昭夫はぽつりと言った。

昭夫自身の青年時代も単独で沖縄をぬけだし東京の高専で学び国鉄に入社した。息子と同じ年齢の頃は組合活動に邁進していた。もう完全に一人前の大人として世の中と対峙していた。それに比べると和夫はくちばしが黄色く子供っぽい。本当にこれで良いのかと心配になってしまう。親のひが目かもしれない。あるいは昭夫がどうしようもなく年をとってしまったというだけの話しかもしれない。

しかし親にそう感じさせてしまう理由の一つに、和夫が未だ身を固めていないと言う事

実がある。それで昭夫は、

「おまえ、結婚は未だしないのか？」と聞いた。

「会った早々にそういうこと言う。残念ながら結婚の気配はまるでないみたいね」と和夫がかったるさそうに答えると、

「他人事みたいに言うな。結婚する気がないのだろう」と粘着した。

「そういう発言は一種のハラスメントとして糾弾されるんだけれど」

「どうして？」

「余計なお世話ってことだろうね。婚姻はあくまでも本人の意志で決められるものだからね」

「だから、その本人の意志を聞いている」

「無いよ、結婚する気なんて。面倒なだけだ」

「そういう欲求がないのか？」

「性欲はそれなりに処理できるからね」

「商売女を買うとか？」

「それも一つの方法かもね」

「悪びれもせず、そうやって肯定するかね」と父親は渋面で首を横にふってから、「結婚す

るということは性欲の処理だけではないだろうさ。好きな女性と一緒に人生を築こうという気は無いのか？」と続けた。

「無いね。一緒に人生を築くだなんて、言うのはやさしいけれど、とてつもなく面倒なことだと思うよ」

「それをみんながやってきている」

「みんなじゃないでしょう。そうじゃない人たちも大勢いるでしょうよ」

「俺の人生も色々あったが、お前のお母さんと一緒にやってきたことが一番価値があったと思っている。一緒に家庭を作ってきたことが一番大事なことだった」

「その結果が、この僕自身とこの民宿ってわけだね」と薄笑いを浮かべる和夫をじっと見つめながら昭夫は、

「そうだ」と答えた。「俺とお母さんとが力を合わせて作った感涙の苦心作が今眼の前にならんでいる。で、結果も大事なのだろうが、それをやってきた経過の方がもっと大事なのだ。念願かなって国鉄に入社したその年に結婚した。翌年にお前が生まれた。それから二十年間、組合活動をしながら一生懸命お前を育てた。組合の活動をするということは労働者である自分を自覚し、同じ立場の仲間たちと連帯して権力と闘うことだ。自分の生活を切り開いていくことだ。そうやってお母さんと一緒に家庭を守ってきた。そしてこの島で

の民宿経営が始まった。それも充実した時間だった。これが俺がやってきた誇るべき輝かしい人生だ」

「人生って家庭ばかりじゃないでしょう」

「それはそうだ。だけど妻や子供との幸福な暮らしをめざして働くということは男の本懐ではないか？」

「だからそれが大変なんだよ。そんな『男の本懐』のためにどれほど面倒な苦労を強いられるのか、それを考えると結婚なんて間尺に合わない」

「コストパフォーマンスの問題なのか？」

「そう単純でもないけどね。でもお父さん、結婚していない人たちにそうやってせまっていくのは止めた方がいゝよ。ハラスメントになる」

「お前が息子だから言っているんじゃないか」

「それもパワハラの一種」

「そうかね」とそこで昭夫は言葉を失ったが、気を取り直して、「まあ、よく来た。のんびりしていけばいゝ」と言った。

「二、三日は取材で滞在するよ。部屋はあるよね」

「どこでも好きな部屋を選べばいゝ」

「じゃ二階の海側にする」

「全室オーシャンヴュー」

和夫は荷物を持って二階へ行き、しばらくして戻ってきた。

「こうやって南の海を眺めてぼんやりしていると世の中の動きがまるで嘘みたいに思えてくるね」と父のとなりに座って言った。

「そうかね」

「中国で何が起きているかなんて、お父さんには関係ない話しなんだろうね。僕の書いた記事読んだ？」

「読んだ」

和夫は昭夫が感想を述べる時間をとったが、しばらく待ってもそれが無いので気分を変え、

「そうそう、夕食はどこで食べられる？」と聞いた。

「港の方に出れば飲食店は色々あるけれど、こゝでも食事はできるよ」

「どんな？」

「俺がつくる琉球料理。石垣牛ステーキ、ゴーヤチャンプル、パパイヤ炒め、沖縄そば、アグー餃子、ラフテー、島らっきょう、それにお前の好きなラーメン、カレーライス……、な

んでもある」

「刺身は？」

「ブダイ、ハマダイ、シマダコ、海ぶどう……」

「すごいね」

「食材は豊富だ。問題は客がいないということだけだ」

「じゃあ今夜は僕が客になるよ」

「わかった」

「酒もあるよね」

「もちろん。泡盛古酒、黒糖焼酎……」

「すごい、すごい。飲み物や食べ物の好みだけには血のつながりを感じるよ」

「お前の食生活なんぞは推して知るべしだがな。血のつながりを感じるのは飲食物の好みだけか？」

「他にもあるかもしれないけれど、ちょっと思いつかない」

「どだい、思想が違うからな」

「思想ってほどのものじゃないけれど、僕は自分のものゝ見方はいたって普通だと考えている」

「俺もそうだ。自分はきわめて当たり前の考え方をしていると思っている」

「どちらも自分が普通だと考えているんだね」

「そうそう。でも多分頭の中は全然違うのだ。たとえば今回お前がこの島に取材をしに来た目的だ。きっと尖閣問題がらみだろう。そうだよな。それについても俺は『産読新聞』の主張とは逆の見方をしている」

「『産読』の主張って？」

「沖縄の軍事力の強化だろう。アメリカ軍のプレゼンスを高め、自衛隊も増強しなければならないということだろう」

「日米同盟こそ中国に対する安全保障のかなめだからね」

「お前も知っていたと思うが、俺はそれには反対なのだ」

「冷戦時代に中立をめざした安保廃棄の運動を今も引きずっているんじゃないの？」

「冷戦時代にお前が意見を言えたら、きっとソ連の脅威を声高に叫んでいたと思うよ。『脅威』の度合いは今の中国の比ではなかったからな」

「軍事力だけを問題にすればね。しかもその頃はアメリカとのパワーバランスがとれていた。しかし今はそれが根本的に変わったんだ」

「どう変わった？」

「アメリカが後退する中で中国の軍事的経済的な台頭。これがすべてを変化させている」

「だから日米同盟と軍事力の強化というわけか」

「それしかないだろう」

「お前のその主張は日本を支配している日米安保マフィアと同じだ」

「日米安保マフィア？」

「そう。戦争をエサに大儲けをたくらんでいる連中。原発マフィアとか報道マフィアとかと同じたぐいの連中だ」

「それが日本を支配している？」

「そうそう。官僚としっかり結びついてな」

「そんなに日本の支配構造ってしっかりできあがっているものなんだろうか。まるでそれじゃあ中国と同じようじゃないか」

「違うのか？」

「違うでしょう。民主主義の度合いが全然違う」

「お前もジャーナリストのはしくれならば、これまで沖縄県民がどれほど米軍基地の撤去を求め続けてきていたかは知っているだろう。もともとこの基地は米軍が勝手に沖縄県民から奪いとった土地なのだ。沖縄が日本に返還されると決まった時、県民は基地のない平和な島が返ってくることを期待した。戦争を放棄し戦力を保持しないという日本国憲法のもとに入っていく夢を見た」

「本当？　何よりも祖国に復帰したいという願いじゃなかったの？」

「沖縄島民の平和を望む願いはお前が考えているような生半可なものではない」

「本当にそうなのかなあ？」

「沖縄では大日本帝国がおこなったあの戦争で県民の五人に一人が殺されている。全島で地上戦がおこなわれた日本唯一の県なのだ。その悲惨な土地の住民が基地のない平和な島を望むのはあまりにも当然な心持ちだった。しかし実際はどうなった？　アメリカ軍事戦略のキイストーンとして使用され、朝鮮・ベトナム・中東での戦争の軍事拠点となった。現在は対中国戦争の最前線として準備されつゝある。第二次大戦後、アメリカは一番多くの国々で戦争をし、なんの罪もない大勢の人間を殺してきた国だ」

「それは過去の歴史でしょう。人はもっと未来志向でなくては」

「いくら戦争のない時代に生まれ育ったとはいえ、戦争の血なまぐさゝ凄惨さを想像し得ない人間であってほしくない。歴史は自分に都合の悪い事実を忘却するためのものではない。お互いの立場をこえて共有し深めていくものだ」

「それが理想なんだろうけれど、いつまでも歴史にとらわれている必要はないと思う」

「しかし世界最大の戦争国アメリカと共同歩調をとる日本の状態をお前は容認するのか」

「戦争にならないために軍事力を強化し、日米同盟を深めるんですよ。戦争するためじゃないよ」

「抑止力理論だな。それに従うと結局最強の軍事力を必要とするまでにいたるのだ。日本はそういう国ではなかったはずではないか。戦争放棄の思想はどこへ行ったのか」

「あれはもうたゞのお題目。憲法九条を筆頭に戦後日本の平和と民主主義なんて欺瞞と偽善のかたまりだ。アメリカの戦争に加担しアメリカと同一歩調をとってきたことだけが日本を侵略から防いでくれた。その一方で現在のように中国との緊張関係がこゝまで強くなってくると、それに対処する行動が当然のことゝして求められてくる」

「中国との緊張関係？」

「日本の海に大挙押し寄せてくる中国漁船の群れ、空軍・海軍の挑発行動、大使館にまで押し寄せる激しいデモ、中国共産党の硬直した姿勢……、いくらでも挙げることができる」

「マスコミによって増幅発信されているニュースだな」

「え？　お父さんはそういうニュースを信用しないの？」

「一部にそういう事実も確かにあるだろう。膨大な戦禍をこうむって苦しんでいる国民感情をさかなでするような行動を日本人が無神経に続けるようなことがあれば、火の手が急速に燃えあがり、戦争にまでつながらないとも限らない。その危険性は確かにある。しかし中国の国民の本心はそんな緊張関係を望んでいるわけがないと考えるのさ」

「どうして？」

「お前ね、まともな庶民は戦争なんか望まないんだよ。まして、日本との戦争でなんの罪もない多くの町や村を破壊され一千万人にものぼるといわれる人間が殺された中国の人々が、再びその戦争を繰り返したいなんて思うわけがないじゃないか」

「そういう歴史があるからこそ日本を憎むんだよ。中国のテレビ番組は現在でも反日であふれているよ」

「それはそういう番組を流して利益を得る者たちがいるからそうなる。日本のマスコミがたれ流す番組と同じことだ。戦争はそれを煽ることで利益を得る者たちによって扇動される。そもそも労働者にとって外国との戦争なんぞなんの利益もない。敵は国内にいるのだ」

「中国の場合もそう？」

「中国人の敵は中国国内にいる。それは中国人が解決すべきだ。中国人が抱えている問題は、いくら頑張っても日本人が解決することはできない。中国人自身によってなんとかしてもらうしかない。お前はお前自身の国と人生を考え、生きていかなければならない。日本人の敵はもちろん日本国内にいる。沖縄の人間にはそれがよく見えている。それを日本人全体がもっとはっきり認識すべきだ。国民は決して戦争を望まない。沖縄が再び戦場になるようなことは決してあってはならない」

「お父さんのそういう気持ちは判るけれどもね、石垣島にもたくさんの中国人がやって来ているよね。どういう気持ちで来ているんだと思う？」

「どういう気持ちかって？　観光だろう。石垣島を含む八重山諸島は本当に素晴らしいところだからね。今、香港・台湾をはじめ多くの中国人が沖縄を訪れてくれている。それは俺のような民宿経営者にとって朗報以外の何ものでもない」

「こゝが良いところだけにゆくゆくは沖縄を中国のものにしたいという意向があるんだ」

「意向？」

「尖閣諸島と同じ理屈でね。つまり琉球王国それ自体が日帝によって暴力的に併合されたものだとする。日清戦争時代にまで話しをさかのぼらせてね」

「少し無理があるな」

「でも、琉球の問題は琉球人みずからが考えようではないかという風に問題がたてられたら、どう反応する？」

「それはいゝ。琉球人は完全にナショナル・マイノリティーになってしまっているからね。本土の捨て石にばかりなっていたくないし……」

「そういう考えが危険なんだよ」

「危険？　お前はいつからそんなに偉くなったのだ。沖縄県民の自然な気持ちを危険とのたまうとはな。米軍基地と日本の軍事力で何を守ろうと言うのだ。戦争してまで守りたいものはいったいなんなのだ」

「つまるところは日本人のアイデンティティーだろうな」

「抽象的だな。守るべきはこゝに生きている人間そのものだろう。この土地だろう。それらが持つ歴史と文化の全部だろう。戦争はそれらのすべてを滅ぼしてしまう。絶対にしてはならない。二度とこの土地を戦場にしてはいけない」

「そう言っているだけでは戦争はなくならないんでね。抑止するために相手より強くならなければならないんですよ」

「軍事力の増強が国の平和と安全を守るという考え方は危うい。安全保障の第一は敵を作らないことだ。そのための方策を考えることだ。戦争を起こさないためにみんなが智恵を出し合わなければならない」

「そういう観念論は、さしせまる現実の前では、きっと無力なんだろうと思う」

「いや人間は今や恒久平和を実現する力を持っている。戦争をしなかったこの七十年間の日本の経験や、軍縮の方向にカジを切った現在のヨーロッパのあり方が評価されるべきだ。

人類につきつけられている課題は、原子力を含めて自然のもたらす大災害からどうやって自分たちを守るかということに変ってきている。戦争することなぞよりも〻はやその方がずっと重要な課題になってきている。人類が共同してそれに取り組む時代が来つゝある。自衛隊はそのための組織として活躍すべきだ」

昭夫と和夫の親子はおたがいの顔を見つめあいながら溜め息をついた。

飲食物の好みの他にも親子で遺伝したところがあるようだった。論争好きは多分それだった。時間を忘れていつまでもそれを続けかねない。

論議を中断して、昭夫の腕によりをかけた琉球料理を食べた。その後、二人は再びテラスに戻り、酒を飲んだ。灯りはテーブルに置かれたカンテラからのものだけで、周囲はすっかり闇に包まれていた。もの音一つない静かな夜が広がっていた。

「お父さんは、うちの新聞をまだ『ブル新』だと思っているんだね」と和夫が言った。

「そう思わせない理由が何かあるのか?」と昭夫が言った。

「きっと何から何まで気に入らないんだろうね」

「隅々まで読んでいるわけではないがね」

「戦後民主主義を破壊しようとする反動派とでも考えているんだろうね」

「そういう言い方もあったな」

「でも少なくとも僕は戦争を望んでいないからね。七十年間、平和を守り通してきた日本のあり方をそれなりに評価しているよ。長い間、中国に住んでみて彼らと戦争したいなんてこれっぽっちも考えたことはないし、何とかして彼らと平和的に共存して新しいアジアを作っていきたいと願っていた。それが本当の気持ちかな」と和夫が淡い光の中で言うと、「戦争なんて誰も望まない。きっとほとんど誰もがそうなんだろうがね」と昭夫は揺れる灯りに照らされながらうなずいた。

二人の前方には漆黒の東シナ海が洋々とひろがり、その両側で、轟々と音をたてゝエネルギーをほとばしらせる二つの大国が睨みあっている。その構図の中間にぽつんと沖縄は存在していて、今彼らは黒い静寂に包まれている。それがにわかにけたゝましい爆音に覆われてしまう日が到来するのではないか。その心配を二人はそれぞれの頭の中で思い描くのだった。

BORN THIS WAY

Words & Music by Paul Blair, Fernando Garibay, Stefani Germanotta and Jeppe Lausen

著者略歴

福井孝典（ふくい・たかのり）

一九四九年、神奈川県生まれ。

早稲田大学教育学部卒業。

著書＝『天離る夷の荒野に』

『屍境――ニューギニアでの戦争』（作品社）

北京メモリー

二〇一五年六月二五日　第一刷印刷

二〇一五年六月三〇日　第一刷発行

著者　福井孝典

装幀　小川惟久

発行者　和田肇

発行所　株式会社　作品社

〒一〇二-〇〇七二

東京都千代田区飯田橋二ノ七ノ四

電話　（〇三）三二六二-九七五三

FAX　（〇三）三二六二-九七五七

振替　〇〇一六〇-三-二七一八三

http://www.sakuhinsha.com

本文組版　米山雄基

印刷・製本　シナノ印刷㈱

落・乱丁本はお取替え致します

定価はカバーに表示してあります

ISBN978-4-86182-537-8　C0093